빨강 모자를 쓴 아이들

빨강 모자를 쓴 아이들

지은이 김은상
발행일 2018년 5월 8일 초판 1쇄
발행처 멘토프레스
발행인 이경숙
교　정 김경아, 서광철
본문편집 박혜정
인쇄·제본 한영문화사
등록번호 201-12-80347
등록일 2006년 5월 2일
주　소 서울시 중구 충무로 2가 49-30 태광빌딩 302호
전　화 (02) 2272-0907
팩　스 (02) 2272-0974
이메일 mentorpress@gmail.com
홈페이지 www.mentorpress.co.kr
ISBN 978-89-93442-47-2 (03810)

김은상 소설

빨강 모자를 쓴
아이들

멘또 press

진정한 사랑은 헌신을 잉태하며,
헌신은 헌신을 통해서만
불멸에 가닿을 수 있다.

빨강 모자를 쓴 모든 당신에게

차례

주요 등장 인물

남편: 80대 중반
아내: 80대 초반
큰아이: 60대 초반(아들)
그 아이: 6세(아들)
둘째 아이: 50대 초반(아들)
셋째 아이: 40대 후반(아들)
넷째 아이: 40대 후반(딸)
다섯째 아이: 40대 중반(아들)
여섯째 아이: 30대 후반(아들)
막내딸: 30대 중반

남편을 살해했습니다. 10년, 20년, 아니 어쩌면 그를 처음 만났을 때부터였는지도 모르겠습니다. 내가 매일 한 걸음씩 그를 죽여야만 했던 이유는 내가 살기 위해서가 아니었습니다. 단지 나의 생명을 위해서였다면 오히려 그가 아닌 나를 살해하는 편이 훨씬 수월했을 것입니다. 아니 어쩌면, 나는 그가 아닌 나를 살해하며 살아왔습니다. 함께 있으므로 사랑할 수 없는 사람이라면, 게다가 사랑할 수 없음에도 늘 곁에 있어야 하는 사람이라면, 불가능의 가능을 위해, 가능한 불가능을 선택하는 편이 좋겠다고 생각했습니다. 그래서 나는 살해를 잘못 발음해서 사랑을 말하는 실어증 환자처럼, 매일매일 나를 살해하며 살아왔습니다. 내가 좋아하는 꽃들 속에서 한 송이 작약의 향기로 나의 주검을 감추고 나는 내가 아닌 채로, 그는 그가 아닌 채로, 둘 중 한 명이 죽어야 하는 비명을 걸어야 했습니다.

틀립들이 무성하게 핀 봄의 정원에 홀로 앉아 있습니다. 홀로 앉아서, 아이들과 함께 빨강, 노랑, 하양을 걷습니다.

나는 혼자 있지만 혼자가 아닌 것만 같습니다. 살아오는 동안 늘 그랬습니다. 함께 있었지만 혼자 있었던 것 같았고, 혼자 있었지만 함께 있는 것 같았습니다. 누군가는 이를 외로움이라 말하겠지만, 나는 그리움이라 말하겠습니다. 지금 나는 혼자 있지만 괜찮습니다. 내가 사랑하는 모든 사람들이 이미 내 안에 있다는 것을 이제는 알기 때문입니다.

1936년 6월 18일생 조영애. 8월 15일, 6월 25일, 4월 19일, 5월 18일과 같은 역사의 기념일을 지나, 지금은 색색이 고운 튤립이 만발한 공원에 있습니다. 80년을 걸어 도착한 이곳은 희망이거나 혹은 절망인 공간이지만 죽음이 멀리 있을 때보다 가까이에 있는 현재에서 더 큰 평안을 느낍니다. 욕망이 없다는 것, 더 이상 지켜내야 할 것이 없다는 것은 생의 마지막이 인간에게 주는 축복일지도 모르겠습니다.

가족과 함께 나무 의자에 앉아 담소를 나누는 환우들을 바라봅니다. 나의 아이들 중 한 명은 처방전을 들고 약국에 갔습니다. 나는 혼자이지만 혼자가 아닌 채로 꽃들 사이에서 어른거리는 바람을 만져 봅니다. 참, 오래 살았습니다. 평안을 느끼기까지 80년을 뒤척였습니다. 늘 함께, 늘 혼자서 걸었습니다. 그러나 오늘 저녁식사를 마친 후에는, 혹은 내일 아침 직장을 향해 출입문을 여는 아이들의 뒷모습에 손을 흔든 후에는 나의 시간 역시 완벽하게 멈추리라는 것을 알고 있습니다. 예감은 늘 현실보다 늦게 도착하는 편지여서 그것을 꺼내 읽었을 때 이미 우리는 행복이나 불행 속에 있습니다. 그러므로 나는 이미 죽어 있는, 산 사람일지도 모릅니다. 그날도 역시 그러했습니다.

간이 좋지 않다. 오전 내내 아내가 전화를 받지 않는다. 아내는 여러 가지 질병을 앓고 있다. 그러나 내가 정확하게 기억하는 병명은 당뇨 정도이다. 남편인 내가 무관심해서 아내의 지병을 다 기억하지 못하는 것은 아니다. 우리 시대의 어머니들은 모두 무병장수했다. 그래서 여자들은 병에 걸리지 않는 줄 알았다. 게다가 어려운 병명들을 다 기억하기에는, 나는 나이가 너무 많고 귀찮기도 하다. 솔직하게 말하자면 나는 내가 가진 질병의 이름들도 다 기억하지 못한다. 다만 내 몸의 통증을 병명에 일치시켜 알아채는 것뿐이다.

허나 당뇨라는 말은 매우 쉽게 습득했다. 아내는 당뇨약과 당뇨 측정기를 끼고 살았다. 그래서 당뇨라는 병은 마치 내가 앓고 있는 병처럼 친숙했다. 더구나 당뇨는 그 병을 각인시킬 만한 식품과 동행했다. 지구를 닮은 동그랗고 달콤한 알사탕. 물론 내가 맛본 지구는 쓰디쓸 뿐이어서 알사탕은 지구의 쓴맛에 대한 역설이거나 작은 위로일 수 있다고 생각했다. 아내는 혈당이 떨어질 때면 알사탕을 입에 넣었다. 가끔은 나도 아내의 행동에 동참했다. 그 순간만큼은 달콤했다. 지구가. 나의 삶이. 온 세계가.

당뇨란 참 재미있는 병이다. 달콤함이 부족하면 죽을 수도 있으니까. 달콤함만 따지자면, 어쩌면 나도 아내처럼 당뇨를 앓고 있다. 아내가 전화를 받지 않으면 입맛이 써서 숟가락을 무책임하게 놓아 버릴 때가 있다. 가령 그것이 점심이라 할지라도. 나는 어릴 때부터 점심은 든든하게 먹어야 한다는 어른들의 말씀에 순종해 왔다. 말씀은 규칙이 됐고 규칙은 신념이 됐다. 적어도 얼마 전까지는 그러한 신념에 충실한 삶을 살았다. 그러나 최근에는 불변할 것 같았던 나의 신념이 아내의 손가락 하나에 의해 지켜지거나 좌절되고 있다. 아내가 전화를 받을 때에만 삶의 달콤함이 느껴지기 때문이다. 아내는 나에게 혈당과 같은 존재였을지도 모른다. 하루라도 아내의 목소리를 듣지 못하면 간이 저려오니까……

숨결,

1

나는 남편과 함께 산책 중이었습니다. 벚꽃이 환하게 반짝이는 길을 걸으며 얼마 남아 있지 않을 계절을 헤아렸습니다. 산책이 남편의 요구라고 생각하면 힘겨웠지만, 나에게 남아 있는 시간을 생각하면 곁에 있는 모든 것들에 애정이 생겨났습니다. 한 번 더 안아 보고 쓰다듬고 싶었습니다. 끝을 아는 사람의 사랑은 소유욕보다 곁을 내어 주는 다정의 출렁임이 앞섭니다.

집에서 가꾸는 화초들도 조곤조곤 말을 걸면 더욱 푸른 빛으로 잎사귀를 내밉니다. 말하지 못하는 생명들은 자신이 받은 사랑을 가장 선명한 빛깔로 표현합니다. 소유하지 않는 사랑의 모습들은 모두 그런 것이겠지요. 봄의 어루만짐 속에서 피어나는 꽃들의 세계도 이와 다르지 않습니다. 어쩌면 봄꽃이 보고 싶은 이유가 마지막을 예감하기 때문

이 아니라, 다시 사랑받을 수 있는 한때가 그리워서였는지
도 모르겠습니다. 사랑을 묻고 대답하는 봄의 시간, 내 삶
은 늘 길게 숨을 내쉬고 깊게 숨을 들이마셔도 가파른 낭
떠러지에서 흔들거리는 숨결이었기 때문입니다. 환한 꽃들
과 푸른 하늘이 뒤섞여 흐릿해졌습니다. 휘청거리는 거리
가 발걸음을 멈춰 세웠습니다.

"앞서 가세요. 저는 꽃구경하면서 천천히 갈게요."

남편의 휠체어를 밀며 앞서 가던 간병인이 뒤돌아보았
습니다.

"어머님! 힘드시면 거기 앉아 계세요!"

"……저는 괜찮아요."

남편은 꽤 오랜 시간 투병생활을 이어 왔습니다. 28년 전
의 어느 봄날, 술에 취한 채로 쓰러졌고 뇌출혈 진단을 받
았습니다. 그때부터 왼쪽 편마비로 인해 제대로 거동하지
못하는 반신불수가 됐습니다. 나의 삶 역시 반은 좋아졌고
나머지 절반은 오히려 나빠졌습니다. 남편의 폭력으로부터
조금은 멀리 있을 수 있었지만 서로의 몸이 늙어 갈수록 간
병은 감당하기 힘든 노동이었습니다. 그가 주먹을 쥐면 피
해 있으면 됐고, 밥상을 엎으면 치우면 그만이었지만, 기
저귀를 갈고 몸을 닦아줄 땐 미움을 참느라 몸보다 마음이
먼저 병들었습니다. 반신불수가 되어서도 술을 끊지 못했

던 남편은 연례행사처럼 어딘가가 아팠습니다. 수백만 원이 넘는 수리비 청구서는 아이들 몫으로 날아들었고, 아이들 중 누군가는 스스로 자신의 꿈을 멈춰야 했습니다. 불행으로 사랑을 기록했습니다. 남편의 불구로 인해 문득문득 평온이 날아들었지만, 평온의 주인은 여전히 남편이었으므로, 삶은 늘 전쟁터에 있었습니다. 나는 아무도 모르게 아팠고, 아무도 모르게 병들어 갔습니다.

"제가 아버님 먼저 집에 모셔다 드리고 돌아올게요!"

나는 웃음을 보여 주며 손사래 쳤습니다.

"정말 괜찮아요."

왜 그랬을까요?

"꽃구경하면서 천천히 갈게요."

늘 아프지 않는 사람을 연습하며 살아와서 아무렇지도 않은 척 웃음을 보여 주었습니다. 벚꽃 잎들이 바람에 실려 어디론가 흘러가고 있었습니다. 불안이 불어오고 있었습니다. 아이들의 얼굴이 한 명 한 명 떠올랐습니다.

"오늘일까……."

모두 장성했지만 어리게만 보이는 아이들.

"보고 싶네."

혼자 있다는 것은 외롭다는 뜻이 아니라 그립다는 뜻일

지도 모릅니다. 나에게는 그랬습니다. 외로움은 자신의 내부를 향해 있지만, 그리움은 더없이 소중한 누군가를 향해 있습니다. 겨우겨우 그 그리움을 붙잡고 집에 도착했습니다. 막내딸이 웃으며 두 살이 된 손자를 안고 현관문을 열었습니다.

"하진아! 하진이가 좋아하는 할머니 오셨네!"

막내딸이 손자의 이름을 부르는 순간 ……잊었습니다.

"우리 손주, 할머니가 한번 안아 보자!"

내가 아프다는 것을. 손자를 안고 거실로 갔습니다. 너무나도 사랑스러운 아이를 안고 웃었지만, 호흡할수록 심장의 통증이 커졌습니다. 나는 막내딸에게 손자를 안겨 주고 화장실로 들어갔습니다. 부모가 자식에게 아픈 모습을 보여 주는 일은 죄와 같았기 때문입니다.

문을 닫는 순간…… 호흡도 함께…… 닫혔습니다.

"엄마! 엄마! 괜찮아? 왜 그래, 엄마! 엄……."

막내딸의 울음 섞인 목소리가 해질녘 강물 위에 놓인 나무 그림자처럼 점점 흐릿해졌습니다. 멀리서 벚꽃들이 새하얀 손을 흔들었습니다. 희미한 풍경과는 전혀 어울리지 않는 통증이 선명하게 몸 곳곳으로 울려 퍼졌습니다.

나무에 앉아 있던 새가 목구멍 속으로 날아들었습니다. 비명을 지를수록 새는 더 깊이 부리를 밀어 넣었습니다. 칠

흑 같은 어둠이 타올랐습니다. 소리쳤지만, 소리는 좁은 방을 맴돌다 시체처럼 바닥에 떨어졌습니다. 참을 수 없는 통증이 돋아나면 차라리 고통은 비현실이었습니다. 새를 빼내려 했지만 손을 움직일 수도 몸을 움직일 수도 없었습니다. 목구멍 속에 들어온 새가 부리를 세차게 흔들었습니다.

"할머니! 할머니!"

다급한 목소리였습니다.

"여기 어딘지 아시겠어요? 할머니가 숨을 못 쉬어서 기도에 관을 넣었으니까 절대로 움직이시면 안 돼요! 아셨죠?"

그러니까 내 마음은 간에 있었다. 사람들은 심장에 손을 대고 기쁨이나 슬픔을 표현하겠지만 나는 배를 움켜잡는 모습으로 감정의 표현을 대신했다. 이를테면 쓰린 속을 쓰다듬는 자세라고나 할까. 간은 서툴다. 대신 극단적이다. 자기표현이라는 측면에서 그렇다는 이야기다. 동시대를 함께했던 많은 사람들이 간의 서툴고도 극단적인 자기표현 양식으로 인해 유명을 달리했다. 간경화. 간암. 그중에는 나와 술잔을 부딪쳤던 벗들도 있었다. 모두가 비슷비슷한 삶을 살았다. 나의 청춘은 강대국들이 한반도에 그려놓은 삼팔선 아래서 군화가 밤을 지배했던 시대를 건너왔다. 모두가 가난했던. 불운했던. 그래서 더욱 간이 영웅적이었던 시대였다. 취하면 표현할 수 있었으므로. 물론 나는 통일이나 민주화와 같은 그럴 듯한 일에 투신하진 않았다. 처음부터 빈손인 사람은 세상이 바뀌어도 빈손이라는 걸 부모를 통해 배웠다. 아버지는 죽도록 일만 하다 길 위에서 생을 마감했고, 어머니는 형제들의 집을 전전하다 소식 한 장 없이 돌아가셨다. 아주 열심히, 세상을 바꾼다고 해도 안 되는 놈은 안 된다고 확신했다.

"젊어서 고생은 늙어서 중병이다!"

이 문구야말로 가장 근사한 나의 신념이었다. 그래서 간의 전성시대는 늘 술과 가까운 곳에 있었다. 나는 젊어서 고생을 자초하는 친구들이 싫었다. 때로는 친구 녀석들이 왜 남의 마누라나 자식들을 걱정해야 하는지 이해할 수 없었다. 술안주로 삼았던 시대에 대한 격정들은 인내할 수 있었다. 간이 참지 못하는 건 녀석들의 성실함에서 흘러넘치는 불손함, 그 자체였다.

"아야! 니는 술 좀 작작 허고 제수씨랑 자식새끼들 좀 신경 써야!"

나는 가끔 술판을 엎었다. 우정은 삼팔선처럼 갈라지기도 했다. 그래도 괜찮았다. 튼튼한 간은 늘 새로운 친구를 소개했으니까. 적어도 그날이 오기 전까지는 말이다. 나는 단지 쓰러졌고 정신을 차렸을 땐 불구가 됐다는 사실이 충격을 주었다. 의사는 나의 회생을 기적이라 표현했다. 나는 개똥밭에 굴러도 사는 게 좋았다. 단지 간이 자기표현 양식을 잃었다는 게 아쉬웠을 뿐. 하루가 한 달처럼, 한 달이 이틀처럼 지나갔다. 그렇게 28년이 지나갔고, 간이 다시 자기표현을 원하기 시작했다. 구급차에 실려 가는 아내를 본 후부터 말이다.

☪

나는 아무도 모르게 아팠고 아무도 모르게 병들었습니다. 10년 전부터 당뇨와 원인 모를 두통으로 병원에 입원하는 횟수가 늘어갔습니다. 공황장애와 대상포진, 급성맹장과 같은 질병들과 마주하며 어느 순간부터 아이들에게 쓸모없는 사람이 됐다고 자책하며 살았습니다. 삶에 대한 애착을 포기하면 죽음이야말로 현실적인 삶이었습니다. 유독한 아이가 그리워졌습니다. 남편과 내가 입원을 반복할 때마다 간병을 자청했던 아이, 그 아이의 손을 한 번쯤은 더 잡아 보고 싶었습니다. 내가 늙어 남편의 간병을 책임질 수 없다 보니 어느 순간부터 다섯째 아이가 나를 대신해 병실을 지켰습니다. 내가 아플 때는 병상에서 함께 잠을 청하기도 했습니다.

"모르는 사람들에게 부모를 어떻게 맡겨."

"그래도, 네 일도 많을 텐데……."

"걱정하지 마셔. 나도 병원에서 쉬는 거니까."

간병인을 쓰자고 하면 다섯째 아이는 늘 이렇게 말했습니다. 자신이 해야 할 모든 일을 제쳐 두고 병실을 지키는 다섯째 아이를 보는 일이 엄마로서 편하지 않았습니다. 하루 이틀이면 어떨지 몰라도 남편과 내가 병원 신세를 지게 되면 한 달 정도는 거뜬하게 다섯째 아이의 시간을 빼앗아야 했습니다.

"원래 돈 버는 사람 따로 있고, 간병하는 사람 따로 있는 법이야. 그리고 형제 중에 내가 제일 한가한 사람이잖아."

아팠습니다. 부모가 아프다는 건 자녀들에게 용서를 구해야 하는 일과 같았으므로 이제는 죽어도 좋겠다고 인정하는 순간이었습니다. 눈물도 아팠습니다. 볼을 타고 내려오는 뜨거움이 길고 긴 여정처럼 깊었습니다. 고개를 쳐들고 기도에 관을 삽입한 자세로, 아무도 운다고 생각하지 않는 모습으로, 나는 울고 있었습니다.

그런데 그때, 누군가 병상에 묶여 있는 내 손을 잡고 속삭였습니다.

"엄마…… 꼭 살아야 해……."

어둠 속에서 번져 왔습니다. 한 줄기의 빛이, 들려왔습니다. 글썽이는 아이의 눈동자와 마주하는 순간, 이상하게도, 언제 그랬냐는 듯이, 나는 다시 살고 싶다고 그리움을 붙잡았습니다. 마치 처음부터 죽고 싶지 않았던 사람처럼 눈을 감았다 떴습니다. 너무나 아파 죽고 싶었지만 다시 아이들의 손을 잡고 싶어서 죽을 수가 없었습니다. 나는 손가락 끝으로 다섯째 아이의 손바닥에 글씨를 썼습니다. 다섯째 아이가 곁에서 사라졌습니다. 어둠이 비어 있는 자리를 채웠습니다. 새가 끝이 없는 통증을 지저귀었습니다.

"더 살아도 괜찮은 걸까?"

고통은 더 이상의 삶을 대답할 수 없게 했습니다. 손에서 따뜻한 온기가 느껴졌습니다. 다정한 목소리가 뚜벅뚜벅 마음속으로 걸어왔습니다.

"왜 이제 왔어. 지금까지 살아 계신 게 신기할 정도네."

내가 나에게 던진 질문에 대한 대답이.

"내가 다 고쳐줄 테니까 걱정하지 마."

너무 아파서 죽고 싶었던 많은 순간, 내가 죽을 수 없었던 이유는 내가 낳은 아이들이 있었기 때문입니다. 나에게는 그 그리움이 죽음보다 무거웠고 내 삶의 전체보다도 값진, 아이들의 하루였습니다. 그래서 같은 이유로 나는 내일이 아닌, 오늘은 죽을 수가 없었습니다.

"이제 괜찮으니까 어머님은 잠들지 말고 정신만 단단히 차리고 있어. 알았지?"

고개를 끄덕였습니다. 내가 나에게 던졌던 질문을 향해서…….

그 목소리에는 나의 위급함과 무관한 평화가 있었습니다. 에덴동산에서 두려움에 떨고 있는 아담을 부르는 하나님의 목소리가 이와 같지 않았을까요.

새가 부리를 뽑고 목구멍 속에서 빠져나왔습니다. 산책하며 보았던 벚꽃들 사이로 날아가고 있었습니다. 한결 숨이 비옥해졌습니다.

"잘했어! 어머님, 정말 잘했어!"

단잠을 잘 수 있을 것 같았습니다.

"잘했어요. 엄마."

환하게 웃고 있는 그 아이의 얼굴도 보았던 것 같습니다.

아내가 전화를 받지 않으면 호흡곤란으로 고통스러워하던 모습이 선명하게 떠오른다. 그래서 통화가 되지 않으면 도무지 아무 일도 할 수 없다. 물론 내가 이곳에서 하는 일이라곤 먹고, 자고, 싸는 게 전부다. 그러나 이런 단순한 일조차 아내의 전화에 영향을 받는다. 밥맛이 없고, 잠이 오지 않으며, 똥은 꽉 막힌 귀성길의 고속도로처럼 교통 체증을 앓는다.

"왜 이렇게 전화를 안 받는 거여?"

"너무 피곤해서 자고 있었어요."

"그려, 그라면 쉬소!"

"알았어요."

막상 통화가 되면 할 말이 생각나지 않지만, 하루에 최소 다섯 번 정도는 이런 짧은 대화라도 나눠야 마음이 편안해진다. 그래서 아내의 전화가 불통일 때는 나의 평안을 위해 무작정 넷째 아이에게 전화를 건다. 넷째 아이가 받지 않으면 막내딸, 여섯째 아이 순으로 전화를 돌린다. 대체로 여섯째 아이까지 전화를 돌리면 아내에게서 전화가 온다. 자기들끼리는 어떻게든 내통하고 있는 것이다.

"괘씸한 것들!"

그런데 오늘은 녀석들 모두가 불통이어서 큰아이에게까지 전화했다. 장남은 다급할 때 꺼내는 나의 마지막 카드로 늘 신속하고도 영험한 효과를 증명했다.

역시나 핸드폰 벨이 울린다. 넷째 아이다.

"아따! 왜 인자사 전화혀? 니 엄마가 전화를 안 받아야. 혹시 뭔 일 있나 니가 좀 가봤으면 쓰겄는디."

넷째 아이가 한숨을 내쉰다.

"아빠! 저 노는 사람 아니에요. 그리고 오늘 엄마 병원에 가는 날이라서 전화받지 못할 수도 있어요. 그냥 좀 기다려 보세요."

"그려? 그라면 진즉에 야그를 혔어야제."

갑자기 넷째 아이가 웃는다.

"아빠! 아빠 별명이 뭔 줄 알아요? 네 마디예요. 네 마디! 전화하면 네 마디 이상 말 안 하고 끊는다고."

당황스럽다.

"그려서 뭐시 어쩐다고?"

"걱정되면 아빠가 직접 물어보셔요. 길─게!"

"알았은께 끊어!"

그러고 보면 전화 통화 후에는 늘 찜찜함이 남았다. 화장실에서 나올 때 밑을 닦지 않은 것마냥. 지금도 역시 그렇다. 물어보지 못한 질문들이 떠오른다. 아내가 혼자 간 것인지, 아니면 누가 함께 따라간 것인지를 물어보지 못했다.
6번을 길게 누른다.

2

"엄마! 고생했어!"

다섯째 아이를 보면 가끔씩 그 아이가 떠올랐습니다.

"엄마, 나가 커갖고 돈 많이 벌어서 엄마한테 엄청 큰 집을 사줄 거란께요."

"정말로?"

"응! 근께 나랑 오래오래 살아야 혀!"

여성에게 많은 아이를 요구하던 때가 있었습니다. 나는 아홉 명의 아이를 낳았습니다. 그중 두 아이를 먼저 내 품이 닿을 수 없는 아득한 나라로 보냈습니다. 그래서 가능한 일이라면…… 아니 그것이 불가능한 일이라 할지라도…… 그 아이만큼은 내 태를 통해 다시 낳고 싶었습니다.

"언젠가는 꼭 동생이 돌아올 것인께 나는 기다리고 있

을 거여라.”

큰아이 역시 그렇다고 엄마를 위로했습니다.

내 곁에는 일곱 명의 아이가 있습니다. 딸 둘, 아들 다섯. 그런데 유독 다섯째 아이는 그 아이와 똑같은 말을 반복했습니다.

“일주일 정도는 중환자실에 있어야 한다는데, 내가 계속 중환자실 앞에서 엄마를 지키고 있을 거야.”

꿈처럼 다섯째 아이가 서 있었습니다.

“간호사 선생님께 부탁해서 식사 시간에 들어와도 된다고 허락받았어. 기다리고 있어. 엄마 힘드니까 내가 밥 먹여 줄게. 알겠지!”

고개를 끄덕였습니다.

다섯째 아이가 병상을 세우고 죽을 떠먹여 줍니다. 입가로 흘러내린 죽을 닦습니다. 마치 어린 아이가 된 것 같습니다. 내가 낳은 아이가 내 등을 조심조심 쓰다듬습니다. 사람은 아기로 태어나서 아기로 돌아가는 것일까요? 엄마가 없으면 아무것도 하지 못하는 아기처럼 자식이 없으면 아무것도 하지 못하는, 나는 아기가 되어 가고 있습니다. 울컥, 눈가에 눈물이 고입니다. 티슈로 조심스레 눈물을 닦아 줍니다. 마음이 축축하게 젖습니다. 그러나 나는 고운

피부를 가진 아기와는 다르게 전혀 예쁘지 않은 채로, 짐이 되어 가고 있습니다. 부모에게 갓난아이는 웃음이며 꿈이며 삶의 목적이지만, 늙은 아이는 슬픔이며 걱정이며 생활의 장애일 뿐이겠지요. 종이컵에 빨대를 꽂아 입에 물려 줍니다. 천천히 잘 마셨다고, 토닥토닥 등을 어루만집니다. 나는 아들의 아기입니다. 아버지의 손길이 느껴집니다. 토닥토닥, 토닥토닥. 아버지의 배 위에 눕습니다. 아버지가 내가 잠들 때까지 등을 또닥거립니다. 여기는 꿈속입니다. 할아버지의 등에 업혀 학교에 갑니다. 내가 많이 아프기 때문입니다. 나를 조심조심 눕힙니다. 엄마가 눕힙니다. 웃고 있습니다. 다섯째 아이가 웃습니다. 한 마디를 남겨 두고 중환자실을 나갑니다.

"살아 줘서 고마워!"

궁금했던 정보를 손쉽게 여섯째 아이에게서 얻었다. 아내는 다섯째 아이와 함께 병원에 갔다. 물론 예상은 했다. 돈 버는 놈보다 공부하는 놈이 그래도 시간이 많기 때문이다. 게다가 고기도 먹어본 놈이 잘 먹는다고 다섯째 아이는 병원 출입을 자주 해서 병원이 요구하는 절차를 일사천리로 처리한다. 고기를 먹어 보지 않은 녀석과 함께 병원에 가면 우왕좌왕하는 시간만큼 고생이 구만리다.

"예? 심장내과로 가야 한다고요? 진료 과목이 신경외과 아닌가요?"

"아버님이 지병이 많으신데 심장은 생명과 직결되기 때문에 심장내과에서 약을 조절하고 있어요."

"그럼 어디로 가야 하죠?"

고기를 먹어 보지 않은 녀석은 모르는 것이 많은 만큼 질문도 많다. 통증을 완화하는 주사 한 대가 급한 때에는 대기하는 잠깐의 시간조차 지옥이다.

다섯째 아이에게 전화를 걸고 싶지만 참는다. 녀석은 아내가 죽을 고비를 넘긴 후부터, 그러니까 내가 양자를 들인 후부터 전화를 잘 받지 않는다. 뭐, 그래도 다섯째 아이는 내게 할 만큼 했으니 섭섭한 마음 같은 건 없다.

"식사 왔어요!"

또 밥이 나온다.

"할아버지 점심식사 나왔어요. 맛있게 드세요."

어느새 점심이고 어느새 저녁인 병원 생활도 이제 익숙

해져 간다.

"아침 뜬 지가 얼마 안 되았는디."

아니 솔직히 말하자면 견딜만해져 간다.

"아짐도 고생이 참 많소."

나는 매일 아내가 없는 곳에서 생존하는 방법을 새롭게 배워가고 있다.

"반찬이 이렇게 좋은디 맛나게 먹어야지라."

사실 그 밥에, 그 반찬에, 그 맛인 식단이 마음에 들지 않는다. 그렇다고 이곳에서 반찬 투정을 할 수는 없다. 아내처럼 나만의 밥상을 차려줄 사람도 없거니와, 무엇보다 반찬 대신 반품이 식탁에 오를 수도 있기 때문이다. 병원의 입맛에 맞지 않는 양부가 되면 바로 분리 수거된다는 것을 몇 번의 시행착오를 통해 배웠다. 어떤 문제가 발생하기라도 하면 양자들은 적절한 기회를 틈타 자신들이 지켜야 할 효를 다른 양자들에게 떠넘긴다. 효가 필요한 노인이 차고도 넘쳐나는 은혜로운 세상이기에, 양자들은 노인을 선별할 권한을 갖고 있다. 이것이 세 번의 이주를 통해 터득한 효의 진실이다.

전화벨이 울린다. 기다렸던 전화다.

"저예요. 병원에 와서 검사하느라 전화 못 받았어요."

"몸은 좀 괜찮당가?"

"예!"

"그려, 점심은?"

"이제 먹으려고 식당에 왔어요."

"다섯째랑?"

"예."

"그려그려. 맛나게 드소."

"예."

국에 밥을 만다. 딸아이의 말이 숟가락이 지나간 자리를 메운다. 정말 네 마디가 다다. 다시 통화할 때는 병원에 올 때 바나나 사오라는 말이라도 해야겠다. 바나나 이야기를 하면 조금은 길게 통화할 수 있다. 아내와 떨어져 살며 변비가 심해졌다. 변비약을 먹어 보았지만 효과보다 부작용이 컸다. 나의 느린 걸음으로는 변비약이 밀고 나오는 똥의 속도를 감당하기 어려웠다. 똥의 속도위반으로 민망한 사고라도 생기면 효로 충만한 병원 관계자들이 똥 묻은 얼굴로 내 바지를 벗겼다. 그래서 집에서 하던 대로 바나나를 먹기 시작했다. 바나나는 아내처럼 나와 보조를 맞춰 소화기관을 걷는 착한 음식이었다. 아내는 사흘에 한 번씩 바나나가 있는지 없는지를 확인했다. 바나나 이야기를 하면 아내는 분명 나의 소화기관에 대해 궁금해할 것이다. 대화가 길게 이어질 수밖에 없다. 아, 그런데 어제의 통화에서 바나나가 많다고 이미 이야기해 버렸다. 하지만 뭐, 사람들이랑 나눠 먹고 없다고 하면 된다. 아내와의 통화를 생각하며 창밖을 본다. 아직은 낮이 한창이다.

☪

다섯째 아이는 주변 사람들에게 사랑받는 아이였습니다. 술에 취한 남편이 집안에 소동을 일으킬 때도 무서워서 우는 것이 아니라 아버지가 불쌍하다고 우는 아이였습니다. 엄마의 건강을 위해 급식으로 받은 우유를 매번 들고 와서 떼를 쓰기도 했습니다.

"몸이 약헌께 엄마가 이거 마셔야 혀."

"엄만 괜찮으니까. 네가 마셔."

"난 우유 싫은디. 나 대신 엄마가 마셔야 한당께."

"……그럼 반반씩 나눠 마시자!"

내가 몸이 아파 누워 있으면 머리맡에 앉아 이마를 짚었습니다. 그러고는 밤이 깊을 때까지 자리를 지키다 잠들기도 했습니다. 남편은 더없이 고통스러운 삶을 선물했지만 나는 다섯째 아이가 주는 평안 속에서 휴식했습니다. 그러나 운명은 잠깐의 행복조차 나에게 허락하지 않는 것 같았습니다.

일곱째 아이를 낳았습니다. 딸이었습니다. 다섯째 아이는 여동생을 엄마에게 받은 선물처럼 소중하게 아꼈습니다.

"야는 꼭 인형하고 탁혔어라. 어찌 요로코롬 예쁜 동생을 낳았당가요."

학교에서 돌아오면 다섯째 아이는 아기 옆에 눕거나 아기의 얼굴을 바라보며 하루 일과를 보냈습니다. 아기가 손톱으로 얼굴을 긁어 상처를 내도 마냥 좋아서 웃었습니다. 개구쟁이가 친구들과 어울리는 일도 잊고 아기의 얼굴 속에서 하루하루를 보냈습니다.

다섯째 아이의 일과 중에는 둘째 아이를 기다리는 일도 있었습니다. 저녁이면 교복을 입고 돌아오는 형을 마중했습니다. 밤이 아무리 늦어도 다섯째 아이는 둘째 아이의 손을 잡고 집으로 돌아왔습니다. 둘째 아이가 교복을 벗어 놓으면, 다섯째 아이는 자신의 몸보다 더 큰 교복을 입고 잠들었다가 오줌을 지리기도 했습니다. 두 아이는 아홉 살 차이가 났지만 얼굴이 닮아서 함께 누워 있으면 누가 둘째고 누가 다섯째인지 모를 때도 있었습니다. 둘째 아이도 이런 다섯째 아이를 예뻐했습니다. 그래서 학교 야구팀 경기가 있는 날이면 다섯째 아이와 동행하기도 했습니다. 그리고 그곳에서 다섯째 아이의 건강에 심각한 문제가 있다는 것을 알게 되었습니다.

"야가 몇째여?"

"다섯째요. 엄청 개구쟁이랑께요!"

"음…… 근디 말여, 나가 보기엔 황달이 심혀도 이만저만 심헌 것이 아닌디."

바로 다섯째 아이를 데리고 병원에 갔습니다.

"간경화가 상당히 많이 진행된 상태네요. 음주도 하지 않는 나이인데……. 이런 경우는 처음 봅니다. 혹시 집안에서 아이가 놀랄 만한 일이 많았나요?"

시한부 선고가 내려졌습니다. 다섯째 아이의 상태는 하루가 멀다 하고 악화되었습니다. 고통이 시작되면 병실에 있는 사람은 물론 의료진들에게도 소리를 질러댔습니다. 참다못한 환자들의 민원으로 의료진은 독실로 이동하는 게 좋겠다고 권유했습니다.

다섯째 아이의 배가 보름달처럼 커졌습니다. 하루는 큰 아이가 소변 통에 든 분홍빛 오줌을 맛보고 울먹였습니다.

"오줌 색깔이 하도 이상혀서 맛봤는디요, 오줌이 왜 달디달다요?"

내가 할 수 있는 일이라곤 기도 외에 아무것도 없었습니다. 죽음에서 살아난 나사로 이야기가 떠올랐습니다. 간절히 기도하면 다섯째 아이도 나사로처럼 살아날지 모른다고 생각했습니다. 아니, 살 수 있다고 믿었습니다. 그러나 슬프게도, 다섯째 아이의 병세는 급속도로 악화됐습니다.

"안타깝지만 마음의 준비를 하고 계세요. 그편이 가족들에게도 좋을 거예요."

의료진의 진단은 한결같았습니다. 그래서 다섯째 아이의 퇴원을 결심했습니다. 죽음을 단정하며 생명을 기도할수는 없었습니다.

"선생님! 아이가 살 가능성이 없어도 병원에서 죽으면 선생님께 누가 되지만, 제가 아이를 집에 데려가서 집에서 죽으면 모든 책임은 저에게 있으니까, 제가 데려가게 허락해 주세요. 만에 하나 아이를 저 세상으로 보내야 할 상황이 와도 저는 병원이 아니라 집에서 보내주고 싶어요. 아이도 그걸 원할 거예요."

다섯째 아이의 얼굴은 누렇다 못해 검게 변했습니다. 몸에 열이 심해 입가와 코에 부스럼이 가득했습니다. 눈을 뜨지 못할 정도로 얼굴이 부어올랐습니다. 가끔은 눈동자가 돌아가 흰자위만 보이는 날도 있었습니다. 이웃들과 교인들, 그리고 남편까지도 아픈 아이를 퇴원시켜 죽음을 재촉하고 있다고 비웃었습니다. 다섯째 아이는 약을 전부 거부했습니다. 어떻게라도 먹이면 뱉어 내길 반복했습니다. 그나마 입에 대는 음식은 보리차와 죽, 그리고 멸치 반찬이었습니다. 나는 하루에 한 끼만을 먹고 두 끼를 금식하며 기도했습니다. 한 끼는 젖먹이 딸을 위한 식사였습니다. 큰 아이는 매일 다섯째 아이의 오줌을 맛보며 병세를 확인했습니다.

"심심혀서 못 먹겠어요."

다섯째 아이의 주식은 죽이었습니다. 모든 음식을 싱겁게 먹어야 했으므로 식사 자체를 거부할 때도 많았습니다.

"멸치 반찬은 없당가요?"

하루는 내가 먹고 있는 멸치 반찬을 원해서 물에 씻어 숟가락에 올려 주었습니다. 약간 짠맛이 남아 있는 멸치가 입맛에 맞았는지 식사 때마다 물에 씻은 멸치 반찬을 찾았습니다. 그 후로 나도 모든 반찬을 물에 씻어 먹었습니다. 가족이 먹어야 할 반찬의 간을 보다가 염분이 침과 함께 목구멍으로 넘어가면 손가락을 집어넣어 토해 냈습니다. 다섯째 아이처럼 먹어야만 다섯째 아이의 고통을 이해할 수 있을 것 같았습니다. 그러던 어느 날, 검었던 다섯째 아이의 이마에서 손톱만 한 흰 살이 떠올랐습니다. 그것은 칠흑 같은 어둠 속에서 떠오른 여행자의 별과 같았습니다. 별은 점점 밝아져 다섯째 아이의 얼굴에서 조금씩, 조금씩 어둠을 걷어 내기 시작했습니다. 금식을 시작한 지 40일이 지난 후의 일이었습니다.

자식이 많다는 것은 대체로 복에 가깝다. 대체로인 이유는 그렇지 않을 때도 있기 때문이다.

둘만 낳아 잘 기르자! 둘도 많다, 하나만 낳아 잘 기르자!

나는 이런 시대의 구호에 충실한 아버지였다. 그래서 정부에서 낳으라고 할 때마다 낳다 보니 자식이 일곱이나 됐다. 전쟁을 경험한 세대는 너나 할 것 없이 어려웠다. 그래서였을 것이다. 우리 세대는 누구나 자신이 먹을 숟가락은 갖고 태어난다는 말을 신뢰했다. 이 말이 가진 힘은 부모에게 자식을 기르는 것에 대한 책임감을 덜어 줬다. 나 역시도 자식들의 미래에 책임감 같은 것은 없었다. 숟가락은 하늘이 주는 것이기에 낳는 일에만 충실해도 아버지는 칭찬을 받았다. 여자들에게 씨를 뿌렸다는 사실 하나만으로도 남자들이 존경받던 시대였다. 그러나 막상 결혼이라는 것을 했더니, 아버지라는 임무는 지옥이었고 자기 숟가락은 개뿔이었다. 생각해 보면 아버지야말로 원하지 않아도 들어야 하는 귀찮은 숟가락이었다. 그것은 때때로가 아닌 매 순간 육체의 피곤을 요구했다. 물론 나에게는 때때로가 몸에 맞는 옷이었다.

"애들 먹일 양식이 없어서 또 친척집에서 빌려 왔어요."

"근께 나보다 어찌라고?"

"당신 때문에 논과 밭도 다 팔았잖아요. 그러니까 술을 좀 그만 드시고 일해서……."

"이런 씨벌헐!"

아내는 나에게서 때때로를 벗겨 내고 몸에 맞지 않는 매 순간을 입히려 했다. 나는 그때마다 어김없이 책임감의 머리채를 잡았다. 책임감의 머리로 벽을 두들겼다. 그놈의 망할 책임감이 비명을 지르다 방바닥에 쓰러질 때까지.

"나가 송장이라도 팔아서 밥 먹여 줄 텐께 작작 좀 혀!"

때때로로 매 순간을 넘어서기 위해서는 한탕이 필수였다. 그래서 종국에는 둥근달이 환한 어느 한밤중에 무덤가를 헤매기도 했다.

3

아내와 떨어져 생활한 지도 1년이 지났다. 아내가 구급차에 실려 간 후 나는 큰아이의 집에서 생활했다. 큰며느리는 나에게 최선을 다했다. 출근을 앞두고 먹고 싶은 것이 있는지를 물었고, 저녁식사 시간이면 어김없이 내가 발음한 음식들이 차려졌다.

"아버님! 오늘은 뭘 드시고 싶으세요?"

"너도 바쁠 것인디. ……고등어조림이 쪼까 먹고 싶긴 혀."

큰며느리가 늙은 아내를 대신했다. 이것은 아내와 떨어져 지내는 것에 대한 아주 작은 보상이기도 했다. 내 배는 예습에 충실해서 저녁이면 내일의 식탁을 고민했다. 반대로 큰며느리는 자주 복습을 원하는 눈치였다. 입이 짧아 내가 복습에 불성실하게 임하면 큰며느리는 알아서 예습 위

주의 식단을 구성했다. 나의 신바람 난 예습을 큰며느리는 성실하게 도왔지만, 정작 중요하게 다뤄야 할 과목은 간과하고 있었다.

세상의 모든 자식들은 알고 있다. 노인들에게 위급한 상황은 대부분 혼자 있을 때 발생한다는 것을. 그럼에도 자식들은 이런저런 핑계로 혹시 발생할지도 모를 늙은 부모의 위급을 외면한다. 핑계는 한결같다. 맞벌이다. 맞벌이라는 말은 돈을 벌어야 병원비라도 내줄 수 있다는 그럴싸한 이유를 함의한다. 문제는 이유가 사실에게 매서운 주먹질을 한다는 데 있다. 쓰러진 사실은 코피를 흘리며 무조건 손수건을 던져야 한다. 나처럼 몸이 불편한 노인은 곁에 아무도 없는 시간이 가장 두렵다. 아니나 다를까? 큰아이와 큰며느리가 그놈의 맞벌이를 위해 나간 뒤, 나는 화장실에 볼일을 보러 갔다가 원하지 않던 양자와의 만남을 서둘러야 했다.

몸의 절반을 사용하지 못하는 나에게 낙상은 입원이 아닌 요양으로, 부양이 아닌 간병으로 생활의 전환을 요구했다. 아내와 함께 살 땐 퇴원이 귀가를 의미했지만, 큰아이의 집에 거주할 땐 퇴원이 요양을 의미했다. 물론 몇 번은 큰아이의 집으로 귀가했다. 그러나 곧 몸 어딘가가 쓸데없이 자기주장을 일삼았다. 가령 장기가 제자리를 지키지 않고 다른 자리를 원하기 시작하면 탈장이 왔다. 그래서 어쩔 수 없이, 자발적으로, 죽어도 싫다고 강조했던 요양을 내 입으로 선언해야 했다. 전립선 문제로 소변을 볼 수 없다던가, 혹 며칠간 대변을 보지 못하면 아내가 아닌 며느리에게 설명하기도 민망했다.

"아야! 오줌허고 똥이 안 나와야!"

미치지 않고서야 이런 투정을 며느리에게 늘어놓을 시아버지는 없다. 큰며느리에게 아내를 요구할 수는 없었다. 병들고 늙었지만 체면은 놓고 싶지 않았다. 그래서 요양을 자청했다. 물론, 요양원이 아니라 요양병원이라 돈은 더 들어갔다. 자식들이 십시일반하면 병원비 정도는 거뜬할 것이라는 믿음이 자존심을 지켜 줬다. 그래서 대체로 다산은 복이었다. 가끔은 아닐 때도 있었지만.

☪

나는 대학병원의 중환자실에서 깨어났습니다. 다섯째 아이의 손바닥에 쓴 글씨는 오랜 주치의가 근무하는 병원의 초성이었습니다. 다섯째 아이는 주치의와 통화해 당장 시술이 가능한 대학병원으로 나를 이송했습니다. 그때는 죽음의 이미지로 가득 찬 그 공간을 떠나야만 살 수 있을 것 같았습니다. 병명은 급성 심근경색이었습니다.

"심장과 연결된 혈관 세 개 중 한 개는 이미 오래전부터 사용할 수 없는 상태였어요. 남은 두 개의 혈관 중 한 개가 막혀 심장마비 증세가 왔고요. 다행히 시술이 잘 끝나서 두 개는 제 기능을 되찾았습니다."

다른 사람들에 비해 심장 기능이 65퍼센트라고 했습니다. 아픈 심장 역시 전심을 다해도 늘 쫓기듯이 살아야 했던 나의 삶과 닮았다고 생각했습니다.

"아버지는 우리 집에서 잘 모시고 있으니까, 엄마는 이번 기회에 다 나아서 더 건강해진다는 생각만 해요."

큰아이가 다리를 주물러 주며 말했습니다.

"수험생도 있는데, 큰며느리도 힘들 테고……."

"걱정하지 마세요. 애 엄마가 좋다고 해서 하는 거니까."

고개를 끄덕였지만, 마음 한편에 무거운 돌 하나가 매달렸습니다. 나는 아이들을 위해 아무것도 할 수 없는 시간이 오면 남편과 함께 요양원에 들어갈 계획이었습니다. 그래서 그때까지만 아직 결혼하지 않은 아이들을 위해 밥을 짓고 입술이 따뜻해지는 밥을 먹고 싶었습니다. 큰아이가 내 몸을 끌어안고 말했습니다.

"이제부터라도 다른 할머니들처럼 우리 엄마도 편하게 살아 봐야지!"

큰아이는 어릴 때부터 엄마인 나보다도 더 어른스러웠습니다. 가끔은 큰아이의 마음에 평생 상처로 남을 아픔을 새기기도 했습니다. 그러나 큰아이는 지금까지 나에게 원망을 말한 적이 단 한 순간도 없었습니다. 어려운 가정 형편 속에서도 형제자매들이 비뚤어지지 않고 성장할 수 있었던 이유에는 큰아이의 헌신이 있었습니다.

큰아이는 2급 소아마비 장애우로 살아왔습니다. 그럼에도 불구하고 엄마를 돕기 위해 자전거를 탔습니다.

"왜 이렇게 많이 실어. 너도 힘들 텐데."

"끌고 가는 것인께 괜찮혀요."

하루는 큰아이가 자전거를 구해 왔습니다. 바구니 열 개를 포개 머리에 이고 장터까지 걷는 엄마의 수고를 덜어 주기 위해서였습니다. 자신에게 맞는 조정법을 터득하기 전까지는 자전거를 끌고 장터까지 걷는 수고로움을 마다하지 않았습니다. 다리를 절 때마다 자전거가 흔들리면 내 마음도 함께 휘청거렸습니다.

"엄마가 앞서 가면서 돌을 치워줄 테니까 그 길로만 와."

건강한 사람이 페달을 한 번 밟아 한 바퀴를 굴렸다면, 큰아이는 열 번 정도는 페달을 밟아야 겨우 한 바퀴가 돌아갔습니다. 자신의 삶 역시 이와 다르지 않았습니다. 어느 곳에 취직해도 큰아이의 노동 가치는 헐값이었습니다. 입사일이 같아도 월급은 늘 동료들의 절반이었고, 몇 년을 일해도 신입사원보다 적은 월급을 받았습니다. 그런 상황에서도 큰아이는 가족의 생계를 돌보며, 비어 있는 절반을 내일에 대한 희망으로 채웠습니다.

한번은 공장에서 귀가한 큰아이가 공짜 돈이 생겼다고 자랑처럼 슬픔을 늘어놓았습니다.

"엄마! 나가요 다리가 너무 아파갖고 쉴라고 앉아 있는디 지나가던 사람이 요로코롬 밥값을 던져 주고 갔당께요."

전혀 슬프지 않은 사람처럼.

"난중에는 다 추억이 될 것인께……."

자신에게 주어진 아픔들을 웃음으로 넘겼습니다. 동생들은 이런 큰아이의 긍정적인 모습을 삶의 버팀목으로 삼았습니다.

"엄마! 엄마! 혹시 우리 엄마 여기 왔당가요?"

행상을 나가 귀가가 늦어지면 이웃집으로 엄마를 찾아다녔습니다. 혹시나 엄마가 돌아오지 않을까, 네 발로 걸어 다니며 이 집 저 집에서 엄마를 불렀습니다. 순간순간 그런 큰아이가 미웠습니다.

"너 같은 것 두고 그냥 확 도망갔으면 좋겠는데……."

남편의 지속된 가정 폭력으로 나 역시도 변해 가고 있었습니다. 남편에 대한 미움은 나도 모르게 큰아이에게 옮겨 갔습니다. 힘겨운 일상으로부터 도망치고 싶었습니다. 그렇게 하지 않으면 심장이 터질 것 같아 견딜 수가 없었습니다. 그러나 학교에 진학할 나이가 됐음에도 갓난아이처럼 네 발로 걷는 큰아이를 보면, 죽을 수도 도망갈 수도 없었습니다.

몇 번은 야반도주를 시도했습니다. 하루의 일과와도 같았던 전쟁을 끝낸 후, 둘째 아이를 안고 집을 나서곤 했습니다. 혹시나 붙잡힐까 있는 힘을 다해 내달렸습니다. 그러다가 엄마를 찾아 동네를 헤매는 큰아이의 모습이 떠오르면 어느새 발걸음은 집으로 향하고 있었습니다. 견뎌내기 힘든 생활의 반복은 몸은 물론 영혼까지 병들게 했습니다. 사랑이 분노라는 옷을 꺼내 입고 내가 아닌 나의 모습으로 나타났습니다. 한번은 결코 입에 담아서는 안 될 말을 엎지르고 말했습니다.

"차라리 그때 네가 죽어야 했어!"

이곳이 세 번째 요양병원이다. 입양과 파양을 거듭한 결과였다. 처음에는 큰아이의 집 인근 신설 요양병원을 양자로 들였다. 그곳에서 대소변 문제로 대학병원에 입원했다가 다시 돌아갔을 때 녀석은 병상이 없다는 이유를 들어 재입원을 거부했다. 결국 큰아이의 집과 차로 30분 거리에 있는 요양병원을 두 번째 양자로 입양했다. 그곳은 아내가 택시를 타고 3시간을 달려와야 하는 거리였다. 큰아이는 두 번째 양자를 만나기 전에 나에게 몇 가지 주의사항을 각인시켰다. 간호사들에게 언성을 높이지 말라, 반찬 투정하지 말라, 다른 환자들과 언쟁하지 말라 등 무슨 십계명과 같은 규칙을 줄줄이 일러 주었다. 그리고 마지막으로 기억에 남을 만한 한 마디를 덧붙였다.

"아버지! 요양병원이 어떤 환자를 제일 좋아하는 줄 알아요? 대소변을 가리지 못하더라도 시체처럼 가만히 누워 있는 환자들을 가장 좋아한답디다."

이 말은 어떠한 환자 수칙보다 강렬했다. 양자에게 버림받지 않기 위해서는 모든 행동이 시체와 같아야 함을 뜻했다.

내가 들어본 양자들의 이름에는 모두 효라는 말이 붙어

있었다. 그러나 그놈의 효라는 것이 시체일 때 가능하다는 점이 매우 불쾌했다. 그렇다고 해도 내가 어쩔 수 있는 것은 없었다. 우물은 목마른 놈이 파는 것이기에 큰아이의 말에 신중을 다할 수밖에 없었다.

세 번째 입양은 며칠 전 아내의 요구에 의해 이루어졌다. 아내가 퇴원한 지 1년 정도가 지나고 조금은 안정이 되었는지 다시 한 번 이주를 원했다.

"둘째 아이집 근처에 요양병원을 봐뒀어요. 그쪽으로 옮기면 어때요?"

둘째 아이의 집. 그곳은 나의 집이기도 했다. 둘째 아이의 집이라는 표현에서 이제 친자들이 아닌 양자들이 나의 친절한 보호자라는 사실을 새삼 느낄 수 있었다.

"그려!"

우울했지만 흔쾌히 좋다고 대답했다. 택시로 3시간 걸리는 거리가 10분 거리가 됐기 때문이다. 10분은 아내의 사탕을 빼앗아 입속에 굴렸던 달콤한 시간과도 같았다. 노인에게 3시간과 10분의 차이는 시집간 딸과 분가하지 않은 아들의 차이였다. 그렇다고 아내가 자주 내원하기를 바라지는 않았다. 이곳은 온통 죽어 가는 사람뿐이니까. 병상이 깨끗하게 치워지면 어김없이 죽음을 기다리는 누군가가 들어왔다. 한 달에도 한두 번은 삶의 퇴원을 목격하다 보니 몸이 좋지 않은 아내가 혹시나 그런 모습을 보게 될까 거북했다. 물론 늘 곁에 있던 아내가 없으니 허전하기는 했다. 그래서 가끔은 내 옆에 있는 핸드폰이 아내의 작은 손 같았다.

☪

큰아이는 세 살이 되는 해에 소아마비를 앓았습니다. 동네를 힘차게 뛰어놀던 개구쟁이가 신열을 앓더니 어느 날부터 몸을 전혀 움직이지 못했습니다. 낳자마자 잃어버린 첫아이에 대한 기억 때문에 나도 큰아이와 함께 아팠습니다. 몇 날 며칠 하혈했습니다. 이웃들은 큰아이보다 내가 먼저 죽을 것 같다고 수군거렸습니다. 나의 유일한 일과는 큰아이의 곁에 누워 큰아이의 움직이지 않는 발가락을 만지는 일이었습니다.

"제발…… 움직여 봐……."

큰아이의 발은 보행의 기억을 모두 잃어버린 것처럼 고요했습니다. 소아마비를 앓기 며칠 전, 남편은 무당의 권유로 시아버지의 묘를 이장했습니다. 마을 사람들은 이장을 잘못해서 큰아이가 대신 벌을 받았다고 했습니다. 그러나 시어머니는 자신의 아들을 변호하기 위해 내가 조상을 제대로 모시지 않아 내려진 벌이라고 했습니다. 큰아이가 죽지 않으면 평생 앉은뱅이가 될 거라는 말도 서슴지 않았습니다. 실제로 같은 증상을 보였던 마을 아이들은 죽지 않으면 앉은뱅이가 됐습니다.

시어머니가 안겨준 죄책감은 컸습니다. 그래서 큰아이가 만약 죽음의 길에 들어서면 나도 함께 죽겠다고 결심했습니다. 삶에 대한 의지는 말라 버린 강처럼 바닥을 드러내고 쩍쩍 갈라졌습니다. 그렇게 수개월이 지난 어느 날, 큰아이가 발가락을 꼼지락거렸습니다. 그 순간 아주 잠시, 지구가 흔들렸습니다. 곧 몸을 기우뚱거렸지만 자리에서 일어섰고, 다리를 절었지만 조금씩은 걸을 수 있었습니다.

큰아이는 다리를 제대로 쓰지 못하는 대신에 손재주가 뛰어났습니다. 학교에 입학한 후 사생대회에 참가하면 늘 상을 받아 왔습니다.

"뭘 그린 거야?"

"엄마 새랑 아기 새들이랑 나무 위에서 노래하는 건디요, 나가 학교 대표로 사생대회 나가서 연습하고 있지라."

큰아이는 크레파스와 도화지를 아끼느라 나뭇가지와 땅

바닥을 화구로 사용했습니다. 이런 어려움 속에서도 불평한 마디 하지 않았습니다. 오히려 자신의 재능을 화려하게 꽃피웠습니다. 큰아이의 졸업식 날 나는 장한 어머니상을 받았습니다. 수없이 받아온 큰아이의 상장 덕이었습니다. 그러나 남편은 큰아이의 재능보다 불구를 먼저 생각했습니다. 그래서 중학교를 보내지 않았습니다.

"병신이 더 공부혀 봤자 헐 것이 있겄어. 그림 그려서 환쟁이가 되면 밥이 나와 떡이 나와? 돈만 많이 들제."

나는 큰아이의 재능이 아까워서 교회에서 운영하는 야간학교에 보냈습니다. 그러나 남편은 큰아이가 일을 마치고 밤에 공부하는 것조차도 허락하지 않았습니다.

"인자부터 곱절로 일을 줄 것인께 야학에 갈라믄 다 혀고 가라잉!"

대나무를 쪼개고 대를 갈라 바구니를 만드는 작은 손. 나는 그 작은 손을 그림을 그리고 공부하는 손으로 바꿔 주고 싶었습니다. 그래서 편지를 썼습니다. 존경하는 박정희 대통령님께로 시작하는 기도를.

가장 보기 좋은 바구니를 머리에 이고 청와대로 향했습니다. 큰아이의 미래를 위해 무엇이든 해야 했습니다. 편지는 대통령에게, 바구니는 육영수 영부인에게 전하려 했습니다. 청와대 경비대원과 마주했습니다.

"어떤 일로 오셨어요?"

"대통령님께 전해 드리고 싶은 편지가 있어서요."

짧은 시간 안에 바구니를 이고 온 이유를 설명할 수 없었습니다. 그러나 그는 친절했습니다.

"아! 그러시구나. 저에게 맡기시고 돌아가시면 됩니다."

그의 상냥함은 이미 내가 전하기 원하는 말을 전부 알고 있었습니다. 문득 나와 같은 사람들이 많을지도 모른다고 절망감이 밀려왔습니다.

"그러면 대통령님께 꼭 전해 주세요. 부탁드려요."

청와대를 뒤로 하고 걸어가는 나의 뒷모습에 한숨이 고였습니다.

매일매일, 기다리지 않으며 기다렸습니다. 그렇게 기다리지 않으며 기다리는 시간 속에서 큰아이는 광주행을 준비했습니다. 열일곱 살 소년의 공장 생활이 시작됐습니다.

4

　　따뜻한 햇살이 내리는 봄의 언덕 위에 한 여자가 있습니다. 평안해 보이는 얼굴입니다. 끝없이 펼쳐진 꽃길을 따라 걸어가고 있습니다. 발걸음은 가볍고 경쾌합니다. 그녀의 발걸음 곁에서 흰 나비 떼가 날아오릅니다. 마치 하늘로 떠오르는 함박눈 같습니다. 가끔씩 뒤를 돌아볼 때마다 바람이 그녀의 머리카락을 간질입니다. 이마에 내려앉은 어린 햇살들이 그녀의 미소에 걸려 넘어집니다. 마치 장난꾸러기처럼, 새털구름 조잘거리는 환한 언덕입니다. 어릴 때 보았던 모습 그대로, 그녀가 서 있습니다. 그녀와 함께 뛰어놀던 시간 속에서, 새하얀 꽃잎들 피어오릅니다.

　"엄마! 엄마!"

　나는 엄마를 향해 달려갑니다.

듣지 못했는지, 아니면 들리지 않는 것인지, 엄마가 발걸음을 멈추지 않습니다. 걸음을 재촉해 엄마를 좇아갑니다. 이상하게도 거리가 전혀 좁혀지지 않습니다. 손을 내밀수록 엄마가 멀어집니다. 멀어지는 간격 속으로 울컥, 마음이 내려앉습니다.

"엄마! 엄마! ……꿈일까?"

그래도 나는 만나야 합니다.

엄마가 궁전 같은 커다란 집 앞에 멈춰 섭니다. 문이 열립니다. 환한 빛이 쏟아져 나옵니다. 엄마가 빛 속으로 사라지고 있습니다. 아니 마치 빛이 엄마 안으로 스미는 것만 같습니다. 문이 닫힙니다. 나는 문 앞에 서 있습니다. 한참을 망설이는 소녀가 있습니다. 엄마를 만나게 되면 꿈에서 깨어날 것만 같습니다. 길게 숨을 들이마시고, 문을 두드립니다.

똑! 똑! 똑!

"글쎄, 우리 엄마가 입원하자고 하면서 뭐라고 했는지 아세요? 내가 이렇게 죽기에는 너무 아까운 나이라잖아요!"

병실에서 한바탕 웃음이 쏟아져 나왔습니다.

"어머님이 나이도 많으신데 유머가 넘치시네요."

중환자실에서 일반 병실로 옮긴 후 처음으로 깔깔깔 웃

어 보았습니다. 맞은편 병상에는 90세 노모를 간병하는 60세를 넘긴 딸이 있었습니다. 90세면 삶보다는 죽음이 더 친숙한 나이인데, 할머니의 유머는 삶의 바로 옆에서 손을 흔드는 죽음조차 유쾌하게 만들었습니다.

"엄마가 심장질환과 당뇨가 있어요. 그래서 자주 입원하시는데 이제 저도 나이가 있어서 그런지 허리랑 무릎이 좋지 않아요."

"그러게 요즘은 유병장수라서 부모랑 자식이랑 함께 환자로 늙어 간다니까요. 우리 세대는 그래도 아줌마처럼 부모를 모시려고 하는 사람들이 있는데, 우리는 병나면 간병인이랑 살아야 해. 물론 나 같은 간병인들은 좋지. 돈 버니까."

다른 간병인도 한 마디 거들었습니다.

"그것도 돈 있는 사람들 이야기지. 돈 없고 챙겨줄 사람 없으면 요양원은 고사하고 혼자 살면서 혼자 아프다 가는 줄도 모르고 가는 거예요. 그래도 아줌마 남편은 이해심이 많은가 봐?"

"시어머니가 일찍 돌아가셔서 친정엄마를 자기 어머니처럼 모시겠다고 하더라고요. 벌써 이십 년이 됐네요."

대화를 듣던 할머니가 웅얼거리며 딸을 향해 손짓했습니다.

"왜 엄마?"

할머니의 말에 귀를 기울이던 딸이 웃음을 터뜨렸습니다.

"엄마가요, 자기 살아 있을 때 잘하래요!"

병실이 다시 한 번 웃음바다가 됐습니다. 나이 든 모녀의 다정함이 부러웠습니다. 나는 무엇인가를 확인하고 싶은 사람처럼 유쾌한 분위기에 어울리지 않는 질문을 던졌습니다.

"따님도 나이가 많아 보이는데 고생이 많으셔요. 그런데 어머님께 치매 증상은 없으세요?"

내가 그녀에게 던진 질문은 나의 과거, 그리고 나의 미래에 던진 질문이었습니다.

☪

8·15 해방을 앞두고 아버지는 생을 마감했습니다. 아버지는 일제강점기를 거치며 전 재산을 수탈당해 몰락한 선비였습니다. 아버지는 책을 읽는 것 외에 할 줄 아는 일이 없어 가세는 점점 기울어 갔습니다. 하지만 부유할 때 가졌던 착한 마음을 놓지 못해 가난한 사람들의 어려움을 외면하지 않았습니다. 식량이 부족하면 부족한 대로 끼니를

잇지 못하는 사람들에게 나눠 주어 엄마에게 핀잔을 듣기도 했습니다. 나는 어렸지만 이런 아버지의 인품과 다정함에 애틋함을 느꼈습니다. 그래서 아버지의 가슴을 안고 잠들기를 좋아했습니다.

"편하다! 이렇게 아빠 가슴을 안고 있으면 잠이 잘 와요."

그때마다 아버지는 내 머리카락을 쓰다듬어 주었습니다.

"우리 딸은 커서 다정한 남편 만나 행복하게 살 거야."

"아빠 같은 사람이요."

친구들과 함께 감꽃을 따러 갔다가 집에서 보내온 사람으로부터 아버지가 위독하다는 소식을 전해 들었습니다. 손바닥에 가득한 감꽃이 힘없이 쏟아졌습니다. 길 위의 울음들이 숨을 헐떡이었습니다. 아버지는 내가 도착할 때까지 자신에게 임박한 죽음을 참고 있었습니다. 태어나서 처음으로 사랑하는 사람이 눈을 감는 모습을 목격했습니다. 아버지의 눈동자에 아홉 살 소녀의 얼굴이 맺혔습니다. 한 소녀의 무덤이 감겼습니다.

갑작스럽게 세 아이의 가장이 된 엄마는 슬퍼할 겨를이 없었습니다. 장례를 마치자마자 품을 팔러 이곳저곳을 전전했습니다. 자식에 대한 책임감 때문에 남편을 잃은 슬픔을 감췄습니다. 그러나 삶은 엄마의 단단함을 비웃기라도 하듯 또 다른 고통을 선물했습니다. 막내 여동생이 알 수 없는 병으로 생명을 마쳤습니다. 자식의 죽음 앞에서 엄마는 쉽게 무너졌습니다. 아니 마치 그 순간을 기다린 사람처럼 무너져 내렸습니다. 한동안은 매일 베개를 안고 살았습니다. 동생의 이름을 다정하게 부르며 자장가를 흥얼거렸습니다. 어느 날은 엄마가 불쌍했고, 어느 날은 엄마가 무서웠습니다. 할아버지가 생존해 있었지만 몰락한 양반이 엄마를 대신해 할 수 있는 일은 친척집을 전전하며 일용할 양식을 구하는 일뿐이었습니다. 무너진 둑에서 슬픔이 다 흘러가기까지는 1년이라는 기간이 필요했습니다. 정신을 차린 엄마는 무슨 생각이 들었는지 품을 팔러 다닐 때마다 내 팔을 붙들었습니다. 열 살 소녀에게 지난한 노동이 시작됐습니다.

"예! 다행히도 치매는 없으세요."

아내를 알게 된 건 아내의 친구와 결혼한 죽마고우의 중매에 의해서였다. 나는 사소한 일로 그에게 쫓겨 다니는 처지였지만 붙잡히면 그는 늘 나를 놓아주었다. 아니, 놓아주었다기보다 붙잡을 의지가 없었다. 그는 내가 처한 상황에 대해 매우 잘 이해하고 있었다. 당시 나의 형은 군 입대 기피자로 교도소에 수감돼 있었다. 만약 내가 형의 옆자리를 지키게 될 경우 우리 집안이 겪게 될 불행은 뻔했다. 그는 직업의식보다 인간애가 흘러넘쳐 나에게 수갑을 채움으로 인해 겪게 될 죄책감을 피하고 싶어했다. 게다가 내가 저지른 위법은 이해하려면 충분히 이해할 수 있을 정도로 작은 것이어서 형식으로 쫓고 쫓기는 관계는 함께 술잔을 나눌 수 있는 더 많은 시간을 허락했다. 그는 술에 취하면 홀어머니와 남의집살이를 업으로 살아가는 형제들을 걱정해 주었다. 뿐만 아니라 경찰이라는 직업을 통해 얻은 지식으로 내 미래까지 계획해 주었다.

청춘의 한때를 도망자처럼 살았지만, 내가 인물은 좀, 아니 꽤나 괜찮은 편이어서 정을 주는 여자들이 많았다.

"묵이 참 맛나구먼."

"정성이 들어간 음식인디 맛이 안 나겠소."

"그럼 산에도 자주 가겠구먼? 가면 꼭 조심혀!"

"도토리 주워야 헌께요. 근디 왜요?"

"자네 머리가 빠글빠글헌께 도토리 같어. 다람쥐가 주워 갈까 봐 그라제!"

"그려요! 글면 김 씨가 먼저 확 주워가 불던가!"

그러나 거기까지였다. 대부분 술자리에서 맺어진 인연이어서 평생을 약속하며 살 만큼의 믿음을 갖기는 어려웠다. 화류계의 인연일수록 김중배의 다이아몬드가 갖는 힘은 막강했다. 안정적인 경제력을 원하는 여자들의 습성과 마주할 때마다 하늘보다 넓었던 내 마음이 도토리 머리보다도 작아졌다.

"김 씨가 나 주워가 분다는디. 도토리허고 여자는 먼저 줍는 사람이 임자 아니겠소? 박 씨가 먼저 줍는 게 어뗘? 나도 팔자 좀 고쳐 불게!"

농담이라도 이런 장면을 목격하면 요런 쌍……으로 시작하는 욕을 종이배로 곱게, 곱게 접어 술잔에 띄웠다. 종이배는 간이라는 넓은 바다로 나가 조용히 침몰했다. 그러나 혼자서 밤길을 걸을 때면 언제든지 유령선으로 떠올랐다. 그런 때는 온갖 욕설로 돛을 올리고 바람을 더럽혔다.

☪

엄마의 환갑을 앞두고 동생이 찾아왔습니다. 자신도 어렵지만 나보다는 형편이 나으니 엄마가 돌아가실 때까지 모시고 싶다고 말했습니다. 남편과의 불화로 엄마도 힘들어해서 동생의 의견에 동의했습니다. 그런데 엄마가 서울로 올라가고 몇 달 지나지 않아 동생으로부터 연락이 왔습니다. 엄마에게 치매 증상이 나타나 감당하기가 쉽지 않다는 내용이었습니다. 동생의 어린 아들과 함께 가게에서 물건을 훔친다는 소식도 서울을 왕래하는 지인들을 통해 들려왔습니다. 정신이 온전하지 못한 엄마에게 서울보다는 시골이 더 안전할 것 같았습니다. 그래서 동생에게 엄마를 다시 모시고 와달라고 편지했습니다.

가끔 정신이 돌아오긴 했지만 엄마의 상태는 심각했습니다. 동네 여기저기에서 옷이며 신발들을 훔쳐 왔습니다. 물건은 돌려주면 그만이었지만 밭에서 키우는 농작물을 뽑아 올 때면 피해 당사자들의 원성을 피할 수가 없었습니다. 엄마의 행동을 염려해 막아서기라도 하면 엄마는 동네가 떠나갈 정도로 소리를 질렀습니다. 남편은 나와 엄마의 이런 줄다리기를 지켜보며 비아냥거렸습니다.

"두 년이 다 미쳤구먼! 미쳤어!"

이런 남편이었지만, 이웃들은 남편에게 칭찬을 아끼지 않았습니다.

"참 대단혀. 어찌 친모도 아니고 치매 걸린 장모를 모실 수 있당가?"

"아내한테 형제가 별로 없은께 나라도 혀야제."

치매에 걸린 장모를 모신다는 이유로 마을 사람들은 남편에 대한 칭찬을 아끼지 않았습니다. 그것도 그럴 것이 남편은 가족을 돌보지 않았지만 이웃의 일에는 솔선수범했습니다. 이웃들은 남편에게 술을 주었고, 남편은 술값으로 노동을 지불했습니다. 정상적이지 않은 계약 관계는 흠보다는 칭찬을 요구했습니다. 대신 술에 취해 귀가하면 노동의 피로는 가족을 통해 해소했습니다.

남편에게 치매에 걸린 엄마는 더 이상 장모가 아니었습니다. 옷에 똥을 싸고, 똥 싼 이불을 이고 다니는 엄마는 남편의 분풀이 대상이었습니다.

"야! 이 미친년아! 니가 똥 싼 이불은 니가 빨어!"

나는 다시 엄마를 동생에게 보내야만 했습니다.

"매형은 정말 왜 그런데? 누나는 자식이면서 매형이 엄마한테 욕지거리 해대는 걸 그냥 보고만 있었어?"

"……."

만나자마자 들려오는 동생의 질타에 섭섭한 마음이 들었습니다. 동생도 막막한 내일이 걱정됐는지 연거푸 담배를 태우며 한숨만 푹푹 내쉬었습니다. 서로가 침묵 속에서 한숨을 주고받는 동안 우리는 정작 챙겨야 할 일을 잊고 있었습니다. 낡은 괘종시계가 침묵을 깨뜨릴 때까지는 그랬습니다.

"그런데 엄마는 왜 안 들어와? 화장실 가신 거 아니었어?"

"같이 들어왔는데, 방금까지 옆에 계셨잖아? 어디 가셨지?"

"빨리 찾아 봐! 이 양반 또 집 나간 거 아니야?"

찾을 수 없었습니다. 동생과 나는 삼 일 동안 동생네 주변을 샅샅이 살폈지만 엄마는 보이지 않았습니다. 동생네 말고는 서울에 연고가 없어 엄마가 갈 곳은 없었습니다.

"엄마는 내가 찾아볼 테니까 누나는 내려가는 게 좋겠어. 매형이 조카들 챙길 사람도 아니고. 살아 계시면 못 찾겠어……."

옥산으로 돌아왔지만 엄마 걱정에 아무 일도 할 수 없었습니다. 혹시나 싶어 동네 여기저기를 살폈습니다. 이상하게도 어딘가에서 엄마가 불쑥 나타날 것만 같았기 때문입니다. 그러나 서울에서 잃은 사람을 시골에서 찾을 수는 없었습니다. 그렇게 사흘이 지났고 기적처럼, 엄마가 사립문을 열고 들어왔습니다. 일주일 동안 서울에서 시골집까지 지나가는 차를 얻어 타고 사력을 다해 되돌아왔던 것입니다. 나는 엄마를 끌어안았습니다. 눈물이 흘렀습니다. 그러나 그 눈물은 기쁨보다는 앞으로 겪어야 할 슬픔에 더 가까이 있었습니다. 남편은 다시 이웃들에게 치매에 걸린 장모를 모시는 좋은 남편이 되었습니다. 그만큼 폭언은 심해졌습니다. 나는 매일 엄마의 정신이 온전해지기를 기도했지만……

"나가면 지발 좀 돌아오지 말어!"

남편의 고함이 들려올 때면 차라리 엄마의 정신이 돌아오지 않는 편이 좋겠다고 생각했습니다. 당신이 선택한 사위에게 듣는 욕설은 삶보다 죽음을 강요할 것이 분명했기 때문입니다.

교회에 갈 때면 엄마는 꼭 내 뒤를 쫓아왔습니다. 예배 시간마다 소란을 피워 교인들에게 핀잔을 듣기도 했습니다.

"사정은 알겠는디, 다른 성도님들도 생각혀야지 않겠소. 한두 번도 아니고."

예배 후 장로님이 나를 한곳으로 불러 세웠습니다. 엄마는 나와 떨어져 있는 사이 종탑 아래로 가서 종을 쳐다보고 있었습니다.

"그니까, 돌아오는 주일부터는 어머님을 집에……."

엄마가 줄을 당겼습니다. 마치 호기심에 가득 찬 어린 아이처럼. 사방으로 불규칙한 종소리가 울려 퍼졌습니다. 장로님의 얼굴이 붉어졌습니다.

"아따, 증말로…… 어여 어머님 데리고 가소!"

집에 돌아오는 길에 엄마에게 물었습니다. 아니 질문했다기보다는 다음부터는 엄마와 함께 예배에 참석할 수 없다고 말하려 했습니다.

"엄마! 엄마는 교회에 왜 가?"

엄마는 치매에 걸렸을 때도 치매에 걸리지 않았을 때와 똑같은 대답을 말했습니다.

"니가 가는 곳에 함께 있고 싶은께 글제!"

친구의 계획을 듣고 나는 아내가 어떤 여자인지 확인하고 싶었다. 행인을 가장해 아내가 사는 집 담장을 살금살금 걸었다. 마루에 앉아 바느질하는 여자가 보였다. 배꽃처럼 하얗게 반짝거렸다.

"워매! 참 곱네잉!"

아내에게서 흘러온 꽃향기가 내 마음 가득히 채워지는 것 같았다. 침을 삼키는 소리가 심장을 대신했다. 한참 발걸음을 옮기지 못했다. 아내와 눈이 마주칠 때까지.

"갸가 분명히 여그라고 혔는디…… 여가 아닌가비네?"

나는 당황해서 몰래 도둑질하다 들킨 사람처럼 후다닥 달음질하고 말았다. 그길로 곧장 친구 집을 찾아갔다.

"잘 되면 술 한 번 거하게 사소?"

"아따, 되면 술뿐이겠는가!"

친구의 아내가 얼음장 같은 눈빛으로 쏘아보고 있었다.

친구와 함께 장모를 만났다. 장모는 친구의 제안을 흔쾌히 받아들였다. 친구가 경찰이라는 점은 장모에게 나의 과거와 미래를 보증했다.

"나가 친구여서 혀는 말이 아니라, 야가요 지 아버지 돌아가시고 집안을 돌보느라 고생을 허벌라게 혔어라. 성품이 좋고 일도 열심히 혀는 사람인께 나가 요로코롬 소개하는 것이지라."

장모와 헤어지고 아내와의 만남을 손꼽아 기다렸다. 그러나 막상 마음 졸이며 기다렸던 그날이 왔을 때는, 온갖 마음이 뒤섞여 요동쳤다. 아내의 눈빛에서 나에 대한 거부를 읽었기 때문이다. 나는 또 다른 종이배를 접고 있었다. 온갖 유령선이 미친 듯이 출몰했다. 그러나 문득…… 찢어 버렸다. 주체할 수 없는 감정이 목적을 앞질렀다.

☪

엄마는 가끔씩 정신이 돌아왔을 때 동일한 행동 한 가지를 반복했습니다. 빨래였습니다. 우물가에 앉은 우리 모녀는 아무런 말도 나누지 않았습니다. 누군가의 다정이 누군가의 미안이라는 것을 알고 있었기 때문입니다. 우물은 서로의 미안으로 뒤섞여 차올랐다가, 서로의 침묵으로 흘러넘쳤습니다. 그리고 어느 날, 남편의 말대로 엄마는 돌아오지 않았습니다. 우물 속의 작은 물고기들이 어디론가 떠내려갔습니다.

가을의 문턱이었습니다. 엄마를 찾아 매일을 헤맸습니다. 옥산에서 담양으로 담양에서 광주로 걷고 또 걸었습니다. 신발 밑창이 떨어져 고무줄로 동여매고 방송국을 찾았다가 장로님을 만나기도 했습니다. 그가 연민에 가득 찬 눈빛으로 신발을 사서 신겨 주었습니다. 그런 비참함이 이상하게도 웃음을 불러왔습니다. 서럽고도 환하게 웃었습니다. 눈물로 뭉쳐진 웃음이 명치에서 자라나 목구멍에 고였습니다. 그런 때는 숨이 절벽 같았습니다. 밤늦게 집에 돌아가면 마루에 앉아 대문을 바라보다 잠든 줄도 모르게 잠들었습니다.

"딸과 사위가 잘해서 어머님은 건강하게 오래오래 사실 거예요!"

엄마가 돌아오지 않은 지 열흘이 지난 후 남편도 미안했는지 마을 사람들을 동원했습니다. 죽음을 단정하고 산과 들, 논과 밭을 수색했지만 엄마의 흔적은 발견되지 않았습니다. 나는 우물 속에서 엄마의 생존과 죽음 속을 걸었습니다. 수레가 지나가면 혹시나 죽은 엄마가 실려 있을 것 같아 멈춰 세웠습니다. 멀리서 다가오는 사람 모두가 엄마의 모습이어서 달려가기도 했습니다.

"엄마! 엄마!"

손을 붙잡았지만…… 엄마는 돌아오지 않았습니다.

겨울의 문턱이었습니다. 그날 밤도 마루에 앉아 대문을 바라보고 있었습니다. 첫눈이 내리고 있었습니다. 함박눈의 고요 속에서 고운 노래가 들렸습니다. 타닥타닥, 타오르는 모닥불이 보였습니다. 타닥타닥, 타닥타닥 불꽃이 어둠을 지워 갔습니다. 노래의 온기가 사방으로 울려 퍼져 햇빛으로 번져 왔습니다. 언덕을 바라보았습니다. 노래를 흥얼거리는 한 여자가 있었습니다. 엄마가 들려주던 따뜻한 자장가였습니다.

똑! 똑! 똑!

문이 열립니다. 쏟아지는 환한 빛에 눈이 부십니다. 처음 본 사람들이 있습니다. 천사처럼 몸에서 광채가 납니다. 그들이 엄마를 안고 쓰다듬고 있습니다. 아이에게 사랑을 표현하는 부모의 모습입니다. 엄마의 얼굴에 함박웃음이 그려집니다. 행복해 보입니다. 그러고 보니 처음입니다. 저렇게도 환한 엄마의 웃음은. 사람들이 엄마의 입에 성체를 넣어 줍니다. 엄마가 웃고, 또 웃습니다.

"그래, 엄마는 여기에 있어야 해."

더는 엄마를 부르지 않기로 합니다. 나는 엄마에게 인사를 올립니다. 엄마는 나를 볼 수 없고, 엄마는 나를 볼 수 있습니다.

"……고마워요. 엄마!"

문밖으로 걸어 나옵니다. 뒤돌아봅니다. 어린 아이들과 함께 즐거워하는 엄마가 있습니다. 그중 한 아이가 나와 닮은 것 같기도 합니다. 멀리서 새벽을 깨우는 교회 종소리가 들려옵니다.

인
연
의
못
,

5

        할아버지는 자신이 할 수 있는 모든 것으로 아버지를 대신했습니다. 친척들의 집을 전전하며 살아서는 미래가 없다고 생각했는지 흙과 잔디를 이용해 집을 짓기 시작했습니다. 평생을 선비로 살아온 할아버지였지만 일이 손에 익숙해지자 집도 조금씩 형체를 갖추기 시작했습니다. 떼를 떠서 올린 곳에 진흙을 이겨 바르고 서까래를 올려 지붕을 펼쳤습니다. 노력이 자신이 살아온 삶을 넘어서는 순간이었습니다.

"여기가 이제 우리 집이다!"

할아버지가 두 칸짜리 초가집에 가족을 들이던 날, 나는 굳은살 가득한 선비의 손을 잡았습니다. 축축한 미소가 만져졌습니다.

"할아버지! 힘드셨죠? 할아버지가 우리에게 집을 선물해

주셨으니까, 오늘은 제가 업어 드릴게요."

"요 녀석, 이제 좀 컸다고 할아버지를 놀리는 거야!"

그때부터 나의 노동은 친척집 어느 방이 아닌 우리 집에서 시작됐습니다.

작고 소박한 집이었지만, 우리 집이라 말할 수 있어 행복했습니다. 희망이라는 씨앗도 심을 수 있었습니다. 노동은 나에게 기술을 선물했고 기술은 밥이 되어 돌아왔습니다. 나는 엄마를 따라가서 주로 죽세공품을 만들었습니다. 대나무 발이며 바구니였습니다. 남자들이 대나무를 잘라 쪼개 주면 대를 엮는 일은 여자들의 몫이었습니다. 빨리 기술을 익혀서 다른 집의 죽제품이 아니라 우리 가족만의 죽제품을 만들고 싶었습니다. 상상했던 일들이 현실로 이루어지는 데까지는 몇 년이 필요했습니다. 그러나 현실이 된 후에는 친척들과 이웃들에게 더는 손을 벌리지 않아도 됐습니다.

내가 기술을 익혔다면 엄마는 돈 버는 방법을 알아가기 시작했습니다.

"요것은 대천으로 보내 줘야 쓰겠는디. 주소는 올라감서 갈켜 줄텐께 그때까장 잘 보관혀요."

엄마는 담양 시장에서 완성품 바구니를 사들여 여러 도시로 가져가서 판매하기 시작했습니다. 이런 돈벌이 방법은 훗날 나의 생존 방법에 절대적인 영향을 끼쳤습니다. 당시만 해도 담양에서 생산한 죽세공품의 인기가 높아 찾는 사람들이 많았습니다. 그만큼 생활은 나아졌지만 나와 네 살 어린 남동생의 노동은 줄지 않았습니다.

"많이 맹글어서 보내 줘야 나가 두 번씩 헛걸음 안 혀."

가족 수가 적어 엄마가 요구하는 수량을 맞추기 위해서는 더 많은 노력과 시간이 필요했습니다. 그래서 가슴 한편에 남아 있던 배움을 향한 욕구를 스스로 내려놓아야 했습니다. 대신 여성이 갖춰야 할 모습들은 원하지 않아도 체득됐습니다. 베를 짜는 일이나 바느질, 수를 놓는 일까지 쉴 새 없이 일하던 손은 마을에서 인기가 높았습니다. 여기저기서 중매가 이어졌습니다. 양반의 자손이라는 점도 매력적이었나 봅니다. 학교에 다니지 못했지만 글을 읽고 쓸 줄 알았고, 어릴 때부터 배운 예절은 품을 팔던 집에서조차 칭찬을 듣게 했습니다. 엄마와 동생을 생각하면 다른 집안의 며느리가 되는 일이 부담스러웠습니다. 그러나 혼기를 놓친 여성에 대한 부정적인 시선과도 마주하고 싶지 않았습니다. 그래서 나는 누군지도 모르는 미래의 남편에게 줄 선물을 틈틈이 만들었습니다.

아내의 피곤한 목소리가 들려온다. 방금 잠에서 깬 목소리다.

"저녁은 드셨어요?"

"방금 밥 먹고 전화허는 것인디, 임자 목소리가 안 좋구먼?"

"오늘은 검사를 몇 가지나 해서 피곤하네요."

"그려? 그럼 더 자소. 끊네!"

"예."

역시나, 나에게 있어 긴 통화는 채식을 즐기는 사람이 육식을 시도하는 일처럼 어렵다. 바나나 이야기를 전해야 했지만 아내의 피곤한 목소리가 바나나를 거절했다. 생각해보면 아내의 목소리는 늘 김빠진 맥주마냥 흐물흐물한 맹탕이었다. 하지만 아내의 피곤은 내가 듣지 않아도 되는 장바구니여서 나는 아내에게 많은 바나나를 요구했다. 빙어, 홍어, 수육, 보신탕, 죽순, 꼬리곰탕, 돼지김치찌개, 갈치조림, 시래기된장국과 같은 음식들.

"음……."

그래! 지금 생각해도 침이 고였다가 꿀꺽 넘어가는 맛있는 음식들이었다. 먹고 싶은 음식을 제 발로 찾아가서 사먹을 수 있는 사지가 멀쩡한 사람들은 모를 것이다. 정신 말짱한 반신불수가 먹고 싶은 음식이 얼마나 많은지를. 손을 내밀어도 닿지 않는, 누군가가 내 앞에 내놓지 않으면 맛볼 수 없는 저기, 저 멀리 있는 음식들의 아련함을.

아내는 특별한 상황이 아니면 내가 먹고 싶다고 말한 음식 대부분을 해주었다. 입맛이 없다고 하면 재래시장에 가서 익모초즙을 사왔고, 소화가 되지 않는다고 하면 다시마를 곱게 갈아 물에 타주었다. 나의 요구에 한숨을 내쉬면서도 한결같은 모습을 보였다. 그래서 가끔은 이런 대화도 들려왔다.

"엄마가 아버지 버릇을 잘못 들여서 엄마가 더 힘든 거야!"

잠들기 전 이런 맛없는 이야기들이 문틈을 비집고 들어오곤 했다. 그런 때는 자식들에게 섭섭했고 아내에게 화가 났다.

"차라리 혀주지 말제. 여편네가 힘든 티를 내서 나를 ……."

나는 나를 요 밑에 깔았다. 자식들과 아내에게 신세지는 삶을 사는 한, 즉 다시 말해 내가 유병장수를 멈추지 않는 한, 멋있는 아버지나 남편이 될 수 없다는 것쯤은 잘 알고 있었다. 게다가 아내에게는 나처럼 바나나를 요구할 수 있는 사람도 없었다.

☪

엄마가 한 청년과 함께 마당으로 들어섰습니다. 엄마와 주고받는 그의 장난기 어린 말투에서 능청스러움이 느껴졌습니다. 종종 마을 사람들과 어울려 술을 마시는 그와 어색한 눈인사를 나눴습니다. 가끔은 엄마와 함께 집에 와서 밥을 먹었습니다. 그를 볼 때마다 왜인지 모를 불안이 엄습했습니다. 그러나 묻고 싶지 않았습니다. 무엇보다 열다섯 살인 동생이 그의 도움에 만족스러워했기 때문입니다. 아니, 눈에 보이지 않는 무엇을 내 입으로 말하면 그것이 현실이 될 것만 같았습니다. 엄마는 대가나 감사 없이 그를 수족처럼 부렸습니다. 엄마와 그의 관계가 선명해질수록 나의 길은 점점 어두워졌습니다. 불을 켜야 했습니다.

"엄마! 그 사람 왜 자꾸 집에 데려와요? 시집도 안 간 딸이 있는데…… 마을 사람들이 보면 어떻게 생각하겠어요?"

엄마는 질문이 끝나기가 무섭게 화를 냈습니다.

"니 동생이 아직 어려서 대 쪼개기가 힘든께 안타까워서

도와주는 건디, 고마움도 모르고 그런 소릴 혀!"

더는 묻지 않았습니다. 질문에 대한 대답을 확인해서가 아니라 동생을 생각하면 그는 고마운 사람이 맞았습니다. 그러나 미래는 오늘보다 영악해서 오늘 던진 질문이 어제 도착한 답변이게 했습니다.

대답은 곧 엄마가 아닌 친구로부터 전해 왔습니다. 소꿉친구가 찾아왔습니다. 그녀의 어두운 표정에서 내가 거부했던 불행이 만져졌습니다. 친구는 당시로서는 보기 드물게 연애결혼에 성공했습니다. 결혼 후에는 만날 기회가 많지 않았지만, 결혼 전까지만 해도 엄마가 행상을 떠날 때마다 집에 놀러 와서 밤새 이야기꽃을 피우던 친구였습니다.

"혹시, 안가? 어머님이 데릴사위 들이려는 거……."

"그게 무슨 말이야?"

"우리 남편이 경찰인 건 알제. 그 남자헌테 문제가 하나 있는디, 고것을 해결헐라고 데릴사위로 갈라고 안 허냐?"

"그 남자가 무슨 나쁜 짓이라도 저질렀어?"

"군 기피. 결혼혀서 애를 여럿 낳으면 면제된께 내 남편이랑 작당혀서 어머님께 접근헌 거랑께. ……다 내 탓이여. 나한테 괜찮은 친구가 없냐고 혀서 니 야그를 혔더만…… 미안혀. 남편 땜시 어쩔……."

친구를 보내고 엄마에게 그와 결혼하지 않겠다고 선언했습니다. 엄마는 아무 말도 하지 못하고 한숨을 내뱉었습니다. 그렇게 끝난 줄 알았습니다. 그러나 며칠 지나지 않아 나에 대한 악소문은 내가 예감했던 불안보다 더 큰 크기로 나에게 도착했습니다. 누군가는 내가 그와 함께 손을 잡고 걸었다고 했고, 누군가는 그와 내가 갈대밭에 숨어 사랑을 나눴다고도 했습니다. 나는 숨을 쉴 수도 먹을 수도 없어 앓아누웠습니다. 친구들과 함께 어울려 웃고 떠들며 술을 마시던 그에게 눈인사를 하고 지나쳤던 일조차 수치스럽게 느껴졌습니다. 나와의 잠자리를 안주 삼아 술에 취했을 그를 생각하면 집 앞 감나무에 목을 매고 싶었습니다.

나는 어릴 때부터 여자와 북어는 삼 일에 한 번씩 패야 맛이 난다는 말을 들어왔다. 이런 이야기는 사실 남자들만의 이야기는 아니었다. 어머니 역시 며느리가 마땅치 않으면 남자들의 이야기에 동참했다. 장성한 아들이 한 여자의 남편이 됐을 때 어머니들은 여자이면서도 아들의 입장에서 모든 것을 생각했다. 그래서 여자의 적은 여자라는 말이 생겨났을지도 모른다.

"몇 번을 말혀도 국이 통 간이 안 맞아야. 니 엄니는 시집보낼 때 요런 것도 안 갈켰냐? 딴 집 같으면 진즉에 소박이여!"

반대로 남자는 시아버지가 되었을 때 건어물과 여자를 구분하는 눈을 갖게 된다. 자신의 아내는 함부로 대했으면서도 며느리에게만큼은 그렇지 않은 경우가 그랬다.

"에헴! 맛나기만 헌디 아침부터 왜 지랄이여? 임자는 후딱 가서 숭늉이나 한 그릇 더 떠오소!"

그래서 아들의 결혼은 어머니에게 싱싱한 북어를, 아버지에게는 여성에 대한 새로운 눈을 선물하는 일이기도 했다. 그러나 애석하게도, 아내에게는 시아버지가 없었다. 이로 인한 부작용은 컸다. 아내는 가끔씩 집 밖으로 떠내려가 마을의 북어가 되기도 했다.

"며느리란 년이 밥도 제때 안 주고, 내 빨래만 빼고 혀서 입을 옷이 없을 때도 있당께!"

나와 아내는 마을 어른들에게 불려가 꾸중을 듣기도 했다.

"자네는 뭐 허는 사람이여? 안사람이 잘못을 혀면 지아비가 혼쭐을 내서라도 바로잡아야 허는 거 아녀?"

당연히, 어머니의 말은 거짓이었다. 그럼에도 피는 물보다 진하기에 어머니의 편에 섰다. 눈에는 눈, 이에는 이, 북어에는 북어. 시간이 흐르면 아내도 시어머니가 되는 극적인 순간이 오기에 사실 관계를 규명할 필요는 없었다. 그러나 예상과는 다르게 아내는 아들들이 준 멋진 예물을 외면했다.

"오리탕이 좀 먹고 싶은디 큰며느리한테 혀오라고 허면 안 되겄는가?"

"큰애가 일하면서 애들 키우는 것도 바쁜데 그런 걸 어떻게 시켜요. 내가 해드릴 테니까 큰애에게 그런 말은 꺼내지도 마세요."

"며느리가 둘이나 되는디 시킬 수도 있는 거 아녀?"

"나는 며느리들이 내 자식들과 살아 주는 것만으로도 고마워서 시어머니 눈치 안 보고 자기들끼리 행복하게 살았으면 좋겠어요."

아내는 늘 이런 식이었다. 내가 생각하기에 좋은 시어머니는 존경스러운 북어 그 이상도 이하도 아니었다. 그러나 아내는 안타깝게도 존경스러운 북어를 선택했다.

할아버지는 엄마의 결정을 반대했습니다. 그래서 모든 일을 바로잡기 위해 나를 남원에 있는 친척집으로 보냈습니다. 그곳에 있는 동안 여름이 가고 단풍이 왔습니다. 마음도 한결 평안해졌습니다. 친구로부터 편지가 도착했습니다. 모든 사실이 낱낱이 밝혀졌으니 돌아왔으면 좋겠다는 내용이었습니다. 어린 동생과 한참을 미워했던 엄마 역시 그리워져서 집으로 돌아왔습니다. 그런데, 막상 도착해 보니 모든 진실은 나의 증언이 있어야만 확인될 수 있었습니다. 마을 어른들이 모여 있었습니다. 제법 긴장한 청년의 모습도 보였습니다. 동네 어르신 한 분이 엄숙한 목소리로 나에게 물었습니다.

"참말로 쩌 청년허고 아무 일도 없었는가?"

그를 쳐다봤습니다. 눈이 마주치자 그가 먼저 고개를 숙였습니다.

"예, 어르신! 저는 저 사람과 대화 한 번 제대로 나눠본 적이 없습니다."

그에게도 물었습니다.

"그러면, 자네가 그런 나쁜 소문을 지어낸 것여?"

그는 고개를 숙인 채로 한참을 머뭇거렸습니다.

"근께…… 거시기…… 친구들과 술 한 잔 허다가 농으로 헌 야그가 고로코롬……."

그의 변명을 듣는 순간 나도 모르게 눈물이 흘러내렸습니다. 마을 청년들이 들고 있던 몽둥이로 그의 등을 내리쳤습니다. 며칠은 폭풍이 지나간 뒤의 풍경처럼, 폐허가 된 마음을 살아갔습니다.

딸이 불행에서 벗어났는데 오히려 엄마의 근심만큼은 커져 가는 것처럼 보였습니다. 할아버지는 같은 일의 반복을 막기 위해 친척들을 통해 나의 혼처를 알아보았습니다. 장차 시어머니가 될지도 모르는 분이 다녀갔고, 혼인날도 빠르게 잡혔습니다. 부촌으로 이름난 마을이라 딸을 둔 이웃들 모두가 부러워했습니다. 그러나 엄마는 금방 죽을 사람처럼 앓아누웠습니다. 끝난 줄만 알았던 불안이 다시 문을 두드렸습니다.

"종처럼 부렸은께 나가 부린 값은 받아야겠소?"

"애가 저렇게 싫어헌디 나가 어쩌었어?"

나는 누군가를 위해 준비했던 선물들을 모두 마당에 모아 하나씩, 하나씩 불태웠습니다.

"딴 놈허고 결혼혀도 편허게는 못 살 것인께 알아서 혀 요!"

읽어야 할 다음 장을 위해 필요한 책갈피. 책이 더럽혀지지 않도록 책상에 깔아 놓을 책상보. 글을 쓸 때 팔꿈치가 아플까봐 만든 팔꿈치 받침대와 같은 것들. 모두가 내 손으로 정성스럽게 천을 짜고 수를 놓았던 선물이었습니다.

"그놈이 매일 나를 찾아와야. 니 혼인날 신랑보다 먼저 와서 자신이 신랑이라고 허겄다고⋯⋯."

6

악몽을 꾼 것도 아닌데 깜짝깜짝 놀라서 잠에서 깨곤 했습니다. 누군가는 코를 골았고, 누군가는 뒤척이었으며, 누군가의 아픔은 시름시름 흘러나와 새벽의 푸른빛과 뒤섞이곤 했습니다. 먼 곳에서부터 붉어져 오는 하늘이 환우들의 알 수 없는 고통으로 환해지면 간호사는 피곤한 얼굴로 나의 체온과 혈압을 매만졌습니다. 나는 그때서야 잠시 잠들었고 마치 임무를 교대하는 사람처럼 다섯째 아이가 깨어났습니다.

달콤한 잠깐의 잠. 누군가의 두 팔이 내 몸을 끌어안고 가슴을 지긋이 눌러주곤 했습니다. 마치 엄마가 우는 갓난아기의 가슴에 손을 올려 잠을 재우는 것처럼. 나는 그 손을 아버지의 손이라 생각했습니다. 아니, 하나님의 손이라 생각했습니다. 어쩌면 내가 낳은 아이의 손일지도 모른다고 생각했습니다.

"엄마! 이제 엑스레이 촬영하러 가야 해!"

매일 아침식사 시간 전에 엑스레이 촬영이 있었습니다. 다섯째 아이가 내 옆에서 어깨를 감싸 안고 아침을 걸었습니다. 같은 보폭으로 천천히 함께 걸어갔습니다. 마치 갓 걸음을 배운 아이처럼 아장아장, 아장아장, 살게 했습니다. 다섯째 아이는 평소 나와 함께 길을 걸을 때면 엄마 발이 아이처럼 작다고 아장아장 걷는 것이 귀엽다고 놀리곤 했습니다.

"아장아장. 아장아장."

"얘가 엄마를 애 취급하네!"

이렇게 말하면서도 마음은 싫지 않았습니다. 사람은 아이로 태어나 아이로 죽어갑니다. 그것이야말로 신의 공평이겠지요. 삶의 무거움은 제각기 다를지라도 죽음은 모두에게 동일한 가벼움을 선물합니다. 그래서 사람이 온전히 태어나는 순간은 죽음과 마주할 때일지도 모르겠습니다.

나는 오래지 않아서 기어야만 겨우 움직일 수 있을 테고, 그 이후에는 누워서 엄마를 그리워하는 아기처럼 내가 낳은 아이들을 그리워하겠지요. 그러나 난 그때까지 살아 있고 싶지는 않습니다. 그래서 나에게 아장아장은 걸음걸이가 아닌 나에게 남아 있는 삶의 기간입니다. 다섯째 아이와 함께 병실로 돌아오면 아침식사 시간이 되었습니다. 누군가는 입맛이 없다며 굶었고, 누군가는 수술을 위해 금식했습니다. 그리고 누군가는 겨우겨우 삶을 위해 숟가락을 들었습니다. 다섯째 아이가 맞은편에 앉아 나의 숟가락질을 지켜보았습니다. 피곤에 갇힌 얼굴을 보면 나는 더 빨리 건강해져야 했습니다. 숟가락이 지병처럼 무거웠습니다.

"이것 좀 잡사 봐요. 입맛 없을 땐 상추랑 된장이 최고예요."

점심시간이면 병실도 활기를 되찾았습니다. 환자들이 간병인을 내보내 자신들이 좋아하는 음식을 사나르고 환우들과 서로서로 나눠 먹었습니다. 입맛이 도는 음식을 먹어서인지, 아니면 나눠 먹어서인지 병실도 제법 시끄럽고 웃음이 넘쳤습니다. 그런데 매번 식사가 끝나면 나누는 이야기는 똑같았습니다. 어제 먹은 밥이 오늘 먹은 밥과 같은 병원의 식탁은 불평해도 후식처럼 들려오는 자식들 이야기에 싫증내는 사람은 없었습니다. 가만 들어 보면 모두가 효자와 효녀를 두었지만 환우들의 휴일을 마중하는 자녀들은 많지 않았습니다. 그래서 미안해지기도 했습니다. 나에게는 호위무사처럼 나의 매일을 지키는 아이들이 있었기 때문입니다. 간병인을 자처한 아이들로 인해 나는 부러움의 대상이 됐습니다. 돈으로 살 수 없는 것이 마음일 테니까요.

"왜? 입맛이 없어?"

숟가락을 들었다 내려놓는 나를 보고 다섯째 아이가 말했습니다.

"약이 써서 그런지 입맛이 없네."

"이제 살만 하니 배가 불렀네. 배가 불렀어."

"얘! 너도 이 많은 약을 먹고 밥 먹어 봐라. 밥이 들어가나?"

"……그러면 내가 간호사에게 식당 음식 드셔도 되는지 물어보고 엄마가 좋아하는 매콤한 낙지덮밥 사올까?"

순간 나는 마치 간식을 기다리던 아이처럼 흥분했습니다.

"응! 사와!"

"오케이! 기다리고 있으셔. 간호사에게 물어보고 금방 다녀올 테니까."

나는 아이들의 아기가 되어 가고 있었습니다.

✺

아내는 힘들어 보였다. 나를 바라보는 아내의 얼굴은 대부분 장마 전선이 드리워진 하늘처럼 어두컴컴했다. 그래서 그날도 그러려니 했다. 날씨가 맑아지는 순간은 퇴근한 아이들이 식탁에 모여 앉을 때였다.

"엄마! 얼굴이 피곤해 보여."

"아닌데? 엄마는 하나도 힘들지 않은데."

자식들이 퇴근하면 뭐, 거의 피곤과 안 피곤의 대화로 밤이 풍성해졌다. 나와 단 둘이 있을 때는 병든 닭처럼 피곤을 주장했다면, 자식들 앞에서는 아프지 않은 사람처럼 멀쩡하게 안 피곤을 실천했다. 이런 아내가 앓아눕기라도 하면 나는 자식들의 따가운 눈길을 피해 이불 속으로 들어가야 했다. 아내의 병이 곧 나의 장수와 연결된다는 느낌은 스스로에게 피신을 요구했다. 그럴 때면 아내가 미워졌다. 차라리 매일 아파 죽을 것 같은 얼굴을 자식들에게 보여 주었다면, 남편인 나도 조금은 아내의 병에서 자유로워질 수 있었다. 어찌 됐든, 그날은 간병인의 진술로 인해 나는 대역죄를 지은 사람처럼 고개를 푹, 숙여야만 했다. 불평이 많은 나의 고개 숙임도 그날만큼은 사뭇 진지함이 넘쳤다. 아내에 대한 걱정으로 한숨도 자지 못했다. 휠체어를 밀 간병인이 있었으므로 아내가 할 일은 없었다. 벚꽃나무가 늘어선 길을 노년의 여유를 즐기는 할머니처럼 느긋하게 걷기만 하면 됐다. 산책에서 돌아와 아내가 쓰러졌을 때, 나는 소파에 앉아 무기력한 말들을 정신없이 쏟아냈다.

"왜 그려? 왜 그려? 괜찮은 겨? 아야! 어여 구급차 불러!"

그날 아내는 가까이에 있으면서도 너무나 멀리 있는 음식점이었다. 아내가 구급차에 실려 가자 집 안이 텅텅 비었다. 눈물이 흘렀다.

"나는 잘 잤는데, 너희들은?"

아내가 마치 정신 나간 여자처럼 대화를 주고받던 화초들도 젖고 있었다.

☪

다섯째 아이는 죽음의 문턱에서 전과는 다른 성품을 갖고 돌아왔습니다. 죽음과의 사투 때문이었는지 매사에 신경질적인 모습을 보였습니다. 커갈수록 이것저것 집어 던지거나 살림을 부수던 남편의 모습을 닮아 갔습니다. 게다가 야뇨증이 생겨 하룻밤에도 몇 번씩 이불에 오줌을 지렸습니다. 중학생이 되어서도 야뇨증은 고쳐지지 않았습니다. 다섯째 아이는 해결책을 불면에서 찾았습니다. 잠을 자지 않으니 다섯째 아이의 아침은 날카로운 송곳이었습니다. 사춘기에 도착하면서 성격은 더욱 난폭해졌습니다. 우유를 들고 와서 엄마에게 전해 주던, 엄마가 아프면 머리맡을 지키던 착한 아이가, 남편을 대신해 소동을 일으켰습니다.

"매일 반찬이 이게 뭐야!"

다섯째 아이가 중학교 2학년이었을 때 자궁을 전부 드러냈습니다. 형편상 퇴원을 서둘렀던 탓에 몸을 제대로 움직일 수 없었습니다. 하루는 다섯째 아이가 학교에서 돌아왔을 때 준비해둔 반찬이 없어 밥과 김치만으로 저녁상을 차려 주었습니다. 다섯째 아이는 한참 동안 밥상을 바라보았습니다. 아마도 그 순간은, 친구들이 엄마를 대신해 싸다준 도시락을 생각했을 것입니다. 다섯째 아이가 주먹을 말아 쥐었습니다. 아마도 그 순간은, 친구의 숟가락질을 훔쳐보며 비워야 했던 도시락을 떠올렸을 것입니다. 다섯째 아이의 얼굴이 빨갛게 달아올랐습니다. 아마도 그 순간은, 내일의 순번은 수도꼭지면 더 좋겠다고 소리치고 싶었을 것입니다.

밥상을 걷어찼습니다.

"왜? 우리는 이렇게 가난한 집구석에서 살아야 해? 왜? 이럴 거면 도대체 뭐 하러 낳았어!"

벽에 붉은 지도가 그려졌습니다. 다섯째 아이가 지도를 향해 머리를 박아대기 시작했습니다.

"엄마! 그냥 나 죽어버릴 거야!"

다섯째 아이의 머리를 감싸 안았습니다. 손을 뿌리쳤습니다. 방을 뛰쳐나갔습니다. 방의 얼룩을 향해 달려가고 있었습니다. 내가 살아온, 그리고 앞으로 살아가야 할 보이지 않는 시간이 벽의 지도 속에서 뒤척거렸습니다.

다섯째 아이가 삼 인분의 낙지덮밥을 더 사와 환우들과 간병인들에게 전했습니다. 식사가 끝난 후에 환우들과 간병인의 식판을 옮겨 주었습니다. 다섯째 아이는 부모의 간병을 오래 한 탓에, 아픈 사람은 아파서 간병하는 사람은 간병해서 몸이 축난다는 것을 잘 알고 있었습니다. 나는 선의를 베푸는 다섯째 아이를 좋아합니다.

받을 수 없을 것 같았던 수취인 불명의 편지에 소인을 찍은 것은 기다림이었습니다. 대학교에 입학한 뒤, 자신의 신경증을 자각해 슬픔에 사로잡혀 있던 다섯째 아이가 질문했습니다.

"만약에 엄마에게 다시 태어날 기회가 생긴다면, 엄마는 어떻게 하고 싶어?"

나는 한참 동안 생각에 잠겼습니다.

"내가 엄마였다면 그냥 도망쳤거나 자살했을 것 같은데……."

무엇인가 중요한 이야기를 기록해야 하는 순간이었습니다. 한 번도 엄마에게 인생에 대해 질문한 적이 없었기에, 내 한 마디가 다섯째 아이의 삶에 중요한 역할을 담당할 것 같았습니다. 그렇다고 거짓말을 할 수는 없었습니다.

"아니. 엄마는 다시 태어나고 싶지 않아."

다섯째 아이가 의외라는 듯이 되물었습니다.

"진짜? 아버지 같은 사람 안 만나고, 부유한 집에서 태어나도?"

"응!"

다섯째 아이가 잠시 골똘해졌습니다.

"그러면 왜 내가 이 세상에 살아 있어야 하지? 엄마도 다시 살고 싶지 않은 세상인데?"

다섯째 아이의 질문은 내가 나에게 삶을 묻는 일과 다르지 않았습니다. 그래서 나는 대답해야 했습니다.

"사랑해라!"

내가 나에게 살아가야 하는 이유를.

✸

　달이 자정을 지나간다. 그날 밤, 자식들은 아내가 새벽을 넘기지 못할지도 모른다는 소식을 전했다. 아내의 위독함. 나는 한 번도 아내의 죽음에 대해 진지하게 생각해본 적이 없었다. 아내는 늘 어제 죽을 것 같은 모습을 보였어도 오늘은 살아 있었다. 딱 한 번 아내의 수술 동의서에 서명한 적은 있었다. 당시 의사는 바로 수술을 진행하지 않으면 위험하다고 했다. 그러나 내 눈에는 죽을 정도로 심각해 보이지 않았다. 원래 의사라는 사람들은 환자의 병세보다 병을 키워 말하고, 하지 않아도 될 검사를 추가해 병원을 확장하는 사람들이 아니었던가? 이런 사실은 내가 병원을 많이 다녀 봐서 매우 잘 알고 있었다. 그들은 입원할 때마다 같은 종류의 검사를 반복했다. 그러고는 전과 십 원어치도 다르지 않은 진단을 내렸다.

　"아버님, MRI 상으로는 이상이 없어 보이고요."

　청구서보다 싸디싼 십 원어치의 진단.

　"니그들 시방 나를 호구로 생각하는 것여?"

　한때는 그렇게 소리쳤지만, 그럴수록 나만 손해라는 걸 잦은 입원을 통해 깨달았다. 그래서 알면서도 속아 주었다. 그래야만 속이 편했다.

그러나 그날…… 아내는 정말 죽을 사람처럼 보였다. 숨을 쉴 수 없는 고통. 나는 이 고통에 대해 어느 누구보다도 잘 이해하고 있었다. 내가 앓고 있는 질병 중에는 천식이라는 음산한 놈이 있다.

"아버님이 만약 사망에 이르게 된다면 그건 뇌출혈이나 뇌경색 때문이 아니라 호흡기 장애가 원인일 가능성이 높습니다."

나의 오랜 주치의는 이런 무서운 말을 면전에 해대기도 했다. 내가 레블 머시기로 하는 기관지 치료를 거부했기 때문이다.

덜덜거리는 기계를 통해 수증기를 빨아들이는 치료를 반복하면 온종일 밥맛이 없었다. 밥을 먹지 못하면 힘이 없었고 치료하면 밥을 먹지 못하는 불상사가 이어졌다. 그래서 오랜 신념을 지키기 위해 밥을 선택했다. 그 결과 새파랗게 젊은 주치의가 퍼주는 잔소리를 한 바가지 가득 마셨다. 어쨌거나 기관지가 점점 좁아지는 느낌은 더럽고 불쾌했다. 내 몸에 다 죽어 가는 사람이 들어와서 호흡하는 것 같았다. 원하지 않아도 거친 숨소리가 흘러나왔다. 기침을 멈출 수가 없었다. 숨을 들이쉬거나 내뱉기도 힘들었다. 해서 호흡기 장애는 몸에 상처 하나 입히지 않고 사람을 죽게할 수 있는 침묵의 암살자라는 사실을 알았다.

달이 자정을 지나간다. 나는 혼자 있는 시간 동안 늘 생각했다. 살아가야 할 날보다 지나온 날들을. 더없이 먹고 싶었던 음식과 가끔씩 보고 싶었던 형제들을. 그리고 돌아가신 어머니를. 아내가 구급차에 실려 간 이후 나는 매일 아내가 건강한 모습으로 돌아와 내 곁에 앉아 있는 모습을 꿈꾸었다. 그것은 내 몸이 망가진 이후 상상하기 시작한 유일한 미래였다. 달이 자정을 지나간다.

7

우리 세대는 생존을 위해 많은 자식이 필요했다. 농사를 짓거나 장작을 패거나 하는 일들이 대부분이어서 사내자식은 다다익선이었다. 이런 시대에 태어난 사내가 가사를 전담하는 여자처럼 쓸데없는 몸이 된다면 부모의 근심은 말로 다할 수 없었다. 장애를 가진 녀석이 그랬다. 가축처럼 살을 찌워 내다 팔 수도 없었고 내다 팔 수 있다 해도 사 갈 사람이 없었다. 큰아이는 그런 면에서 더없는 애로사항이었다. 그래도 나는 큰아이를 초등학교까지는 마치게 했다.

"나 학교에 댕기고 싶은디요!"

"다리도 못 움직임서 어찌 갈라고?"

"그건 쉽당께요. 손에 낄 신발 한 켤레만 더 사주시면 되아라."

"기어서라도 학교에 가겠다고?"

큰아이를 학교에 보내기 위해서는 다리에 힘을 길러 줘야 했다. 그래서 대나무를 잘라 방에 둘러 손잡이를 만들어 주었다. 기특하게도 큰아이는 대나무를 붙들고 걷고 또 걸었다. 걷고 또 걸어 녀석이 지팡이를 짚기 시작했을 때는 어떤 가능성을 엿보았다. 남자의 힘이 필요한 시대를 큰아이도 충실하게 살아갈 수 있을 것 같았다. 그러나 그놈의 자기 숟가락이란 것이 말썽이었다.

큰아이의 숟가락은 그림 그리기에 있었다. 대회에 나갔다 하면 상을 받아 왔다. 건장한 사내가 필요한 시대에 돈을 펑펑 쏟아부어야 하는 쓸데없는 일에 재능이 있었다. 나 역시 아버지가 살아 계실 때는 필체가 좋아 어른들에게 칭찬을 들었다. 그러나 글씨를 잘 쓴다고 배가 부르지는 않았다. 어머니는 이런 현실을 너무나도 잘 알아서 붓을 잡는 내 손에게 비는 방법을 가르쳤다.

"공부는 안 혀도 사는디, 밥은 못 먹으면 죽은께 엄니 말 잘 들어야 헌다!"

"……야."

그러나 아내는 어머니와 생각이 달랐다. 그림을 그리지 않아도 공부해야 한다는 배부른 생각에 빠져 있었다. 나는 이해할 수 없었다. 장애가 있는 자식이 판검사나 군인이 돼 부모의 미래를 책임질 수 있는 가능성은 전혀 없었다. 그럼에도 아내는 큰아이를 어떻게 해서든 교육하려고 청와대를 찾아가기도 했다. 그때는 정말 불쾌했다. 남편의 무능력을 온 세상에 떠들어대고 싶어하는 사람처럼 느껴졌다. 책을 권하는 어머니보다 일을 시키는 아버지를 좋아할 자식은 없다. 아내가 자식들의 교육에 친절할수록 나는 무능력한 아버지가 됐다. 그래서 한 번은 자식으로부터 죽음의 공포를 맛보기도 했다.

☪

하루는 남편이 식음을 전폐하고 시름시름 앓았습니다. 시어머니는 용하다는 무당을 찾아 나섰습니다. 무당은 굿을 해야 남편이 살 수 있다고 했습니다. 매일 미워하던 남편이었지만 죽을 것처럼 앓아눕자 걱정이 앞섰습니다. 남편 친구의 문병이 있기 전까지는 그랬습니다.

"근께 고것이…… 쟈가 노름을 허다 빚을 허벌라게 졌는디, 아마 전답을 다 내다 팔어도 갚기가 힘든께 저러고 있는 것이지라."

나는 영혼이 다 빠져나간 사람처럼 주저앉고 말았습니다. 논과 밭은 그 아이가 나에게 지킨 약속이었기 때문입니다. 시어머니에게 사실을 말하려 했지만, 시어머니는 병의 원인을 조상에 대한 나의 태도에서 찾았습니다.

시어머니가 굿판을 벌였습니다. 그런데 액운을 쫓아야 할 굿이 오히려 채무자들을 불러들였습니다.

"굿 헐 돈이 있으면 빚부터 갚아야 허지 않겠소?"

남편은 채무자들을 피해 며칠을 도망자로 살았습니다. 어쩔 수 없이 논과 밭을 팔아야 했습니다. 친구에게 채무자 역할을 부탁한 뒤 빚잔치를 했습니다. 할아버지의 집을 팔고 친구에게 돌려놓은 돈을 합해 기와집을 샀습니다.

상실감은 컸습니다. 한동안 논과 밭을 떠나지 못했습니다. 그 아이가 그리워서 서울행 기차에 올랐습니다. 서울의 응암동, 그 아이와 함께했던 공간을 헤맸습니다. 남편과 함께 사주를 보았던 자리에 섰습니다. 숨이 턱턱 막혀 왔습니다. 그 아이가 달려올 것만 같았습니다. 한참을 서 있다가 겨우 깨달았습니다. 아무리 기다려도 빨강 모자를 쓰고 엄마를 부르던 그 아이, 그 아이가 돌아올 수 없다는 사실을. 그 아이가 떠난 지 3년이 지나고 그제야 알게 된 이별이었습니다.

기차를 타야 했지만 어디로 가야 할지 몰랐습니다. 서울의 골목들이 정신없이 떠내려가고 있었습니다. 누군가와 몸이 부딪쳐 넘어졌습니다. 큰 체구의 외국인이 몸을 일으켰습니다. 서툰 한국말로 미안하다는 말을 반복했습니다. 잘못한 것은 나인데 잘못을 말하는 그는 나와 닮아 있었습니다. 고개를 끄덕였습니다. 그가 종이 한 장에 미소를 담아 나에게 건넸습니다.

수고하고 무거운 짐 진 자들아 다 내게로 오라!

종이를 접어 주머니에 넣었습니다. 서울역에서 기차를 탔습니다. 광주역으로 향하는 내내 종이에 적힌 문장이 머릿속을 맴돌았습니다. 광주터미널에서 담양행 버스를 탔습니다. 한 스님이 버스에 올라탔습니다. 나는 종이를 꺼내 다시 한 번 그 문장을 읽었습니다. **수고하고** 그 문장은 **무거운 짐 진 자들아** 내 삶에게 다정한 손을 내미는 **다 내게로 오라** 위로의 손길이었습니다. 나는 스님의 옆자리로 가서 앉았습니다.

"스님! 제가 여기 이 하나님이라는 분을 믿으면 평안을 얻을 수 있나요? 그러면 지금까지 제가 기도한 부처님과 조상님은 하나님과 다른 분이신가요? 내가 하나님을 믿으면 쉼을 얻을 수 있을까요?"

스님은 내가 순식간에 쏟아내는 질문에 대한 대답 대신 내가 살아온 삶을 되물었습니다. 그러고는 대답했습니다.

"제가 승려이긴 하지만 보살님은 교회에 가셔야 평안을 얻으실 분 같습니다."

집에 도착하자마자 앓아누웠습니다. 몸이 뜨거워졌다 식기를 반복했습니다. 기침이 몇날 며칠 멈추지 않았습니다. 무당에게 다녀온 시어머니와 남편은 내가 신병에 걸렸다고 했습니다. 그 아이 때문이라고 했습니다. 나는 믿을 수 없었습니다. 그 아이가 엄마를 병들게 했다는 말을. 나는 반쯤 정신이 나가서 산과 들을 쏘다녔습니다. 물론 내가 가는 곳은 알고 있었지만 매번 가고자 하는 방향과 달랐습니다. 꽃에 손가락을 대려 하면 내 손은 이미 꽃을 꺾고 있었습니다. 이것을 잡으려 하면 저것이 잡혔습니다. 한가롭게 무당을 기다리는 남편을 대신해 남편의 친구들이 나를 병원에 데려갔습니다. 이것저것을 묻던 정신과 의사는 절대 안정이 필요하다고 했습니다. 그러나 반쯤 남은 정신은 언제나 발걸음을 집으로 향하게 했습니다. 증상이 악화돼 수개월 정도는 나를 기억하지 못하는 나를 살았습니다. 아주 가끔 정신을 차리면 친구들이 주섬주섬 기억들을 챙겨 주었습니다.

"어제 소변 마시려고 혀서 말렸는디 기억헌당가?"

"내가?"

"옷 다 벗어 불고 돌아댕긴 건?"

"아니?"

"아이고, 어쩌야 쓰까 어쩌야 써! 지발 자식새끼들 생각 혀서라도 정신 좀 단단히 차리소!"

친구들이 나를 끌어안고 내가 이해할 수 없는 울음을 울었습니다. 그 모습이 미안해서 나도 따라 울었지만, 어느 순간 남아 있는 의식마저 잃어버렸습니다.

"몸 좀 어때요?"

누군가 단잠을 깨운다. 둘째 아이다.

"바쁠 것인디 대낮부터 뭐 허러 왔냐?"

둘째 아이가 왔다는 것은 뭔가 내 신상에 문제가 생겼다는 뜻이다.

"궁금해서 왔죠. 어떻게 지내시나."

"못 지낼 일이 있겄어. 병원에만 있는디."

"그래도요. ……그런데요 아버지! 나 몇째인지 알아요?"

"둘째! 근디 왜?"

"그러면, 지금이 아침인가요? 아니면 오후인가요?"

……당황스럽다.

"점심 먹었은께 오후제."

둘째 아이가 고개를 갸웃거린다.

"그러면 지금 계절이 봄, 여름, 가을, 겨울 중 언젠가요?"

"9월인께 가을이제! 아따, 왜 자꾸 그런 걸 물어쌌냐?"

"아, 아니에요."

둘째 아이의 질문을 곰곰이 생각해 보니 엊그제 공단에서 왔다간 염탐꾼이 떠오른다. 반신불수가 되고부터 공단에서 염탐꾼을 보내 내 상태를 확인했다. 그들이 내 건강 상태에 관심을 갖는 이유는 나의 유병장수를 위해서가 아니라 순전히 돈을 아끼기 위해서였다. 나는 몸 상태가 조금이라도 좋아지면 간병인 혜택을 받을 수 없었다. 간병인이 없으면 온종일 아내가 병수발을 해야 했다. 나는 정직한 사람이었다. 물론 지금도 그렇다. 그래서 한번은 내 상태 그대로 보여 주었다.

"아버님! 자식들이 몇 명이에요?"

"일곱!"

"지금 앞에 있는 이 사람은 누구에요?"

"막내딸이제!"

그들이 집에 방문하면 늘 이런 쓸데없는 질문을 해댔다. 사실 몸 상태가 나쁘면 기억이 가물가물했다. 요즘도 마찬가지다. 반대로 몸 상태가 좋으면 거짓말을 조금 보태 어머니 뱃속에서 먹었던 음식도 생각났다. 그래서 묻는 말에 그대로 대답해 주었더니, 인정머리 없이 그간에 받았던 간병인 혜택을 단칼에 중단시켰다. 아내의 얼굴은 무척 어두웠다. 그 일로 나는 알게 되었다. 내가 정직하거나, 몸 상태가 더 나빠지지 않으면 아내가 힘들어질 수 있다는 사실을. 그런 기억 때문에 엊그제 공단에서 보낸 염탐꾼에게 기억하는 것을 기억하지 못하는 사람처럼 이야기했다. 그랬더니 자식들에게 나의 치매 증상을 전한 것이 분명했다.

"아버지 괜찮네!"
"병원서 잘 지내는디 뭔 문제가 있겠냐."
뿌듯하다. 내가 무슨 대단한 일을 해낸 것 같다.
"어여 가서 일이나 봐!"
"예!"
둘째 아이가 병상을 둘러보고 말한다.
"거북이 안경은 잘 쓰고 있어요?"
"암! 이것 땜시 나가 장수하는 것여."
머리맡에 두었던 안경을 보여 준다. 정주영 회장이 썼던 안경과 똑같다. 가격이 매우 비싼 만큼 장수에도 유익하다.

"또 올게요."

"그려, 어여 가봐!"

아들이 간다. 하지만 가끔은 자식들의 이름이 기억나지 않는다. 그래서 염탐꾼들에게 더 정직하고 싶을 때가 있다.

☪

매일 헛소리를 했던 모양입니다. 기억할 수 없지만 산 사람이 아닌 모습으로 거리를 헤매고 다녔나 봅니다. 남편과 시어머니가 나를 무당에게 데려갔나 봅니다. 신을 받으면 큰 무당이 된다고 했나 봅니다. 신을 받지 않으면 급살을 맞는다고도 했나 봅니다. 내림굿을 결정했나 봅니다. 마을 사람들이 무당의 탄생을 궁금해하며 몰려들었나 봅니다.

그러나 굿을 계속해도 신내림의 기적이 없었나 봅니다. 남편과 시어머니는 포기할 줄 몰라 더 용한 무당을 불렀나 봅니다. 그러나 신대는 아무런 반응이 없었나 봅니다. 내림굿은 하루를 멀다 하고 계속됐나 봅니다. 신대가 침묵을 지속하자 용하다는 무당도 용하지 못함이 드러나 화가 났나 봅니다. 북 소리와 방울 소리, 칼 부딪히는 소리가 커질

수록 나의 저항도 커졌나 봅니다.

"시방 니년이 신을 거부혀! 이년! 니가 이기나 신이 이기
나 어디 한번 혀보자!"

무당이 무구로 나의 온몸을 두들겼나 봅니다. 고통을 참
지 못해 몸부림치다 쓰러졌나 봅니다. 그리고 큰 소동이 벌
어졌나 봅니다. 일어서서 굿을 거부하며 내가 하나님을 믿
겠다고 소리쳤나 봅니다.

"수고하고 무거운 짐 진 자들아 다 내게로 오라!"

방으로 달려갔나 봅니다. 문창살을 뜯어 십자가를 만들
었나 봅니다. 그리고 무당과 남편과 시어머니에게 보여주
었나 봅니다.

"나는 이제부터 하나님을 믿는 사람이에요!"

"저년이 미쳐 부렸네! 완전히 미쳐 부렸어!"

남편 친구가 급히 교회로 뛰어가서 목사님과 함께 왔나
봅니다. 그는 교회에 다니지 않았지만 그래야만 내가 살 수
있겠다고 생각했나 봅니다. 목사님이 도착했을 때 나는 이
미 실성해서 아멘, 아멘을 외쳤나 봅니다. 옷을 전부 벗어
던지고 알몸으로 울다가 웃다가 그 아이의 이름을 서럽게
불러댔나 봅니다. 목사님이 왔지만 굿은 계속됐나 봅니다.
아멘과 굿판이 어우러져 난장판도 그런 난장판이 없었나
봅니다. 쓰러졌고 잠들었나 봅니다. 아니 눈을 뜬 채로 꿈

을 꾸었나 봅니다. 한 남자를 만났나 봅니다.

　남자의 가슴에 안겨 울고 있는 소녀가 있었습니다. 그가 소녀의 등을 쓰다듬고 있었습니다. 한참을 울던 소녀가, 어느새, 그의 포근한 숨결 속에서 잠들었습니다. 두 손 가득 감꽃을 담아 골목을 달려가고 있었습니다. 골목 끝에서 기다리고 있는 사람이 있었습니다. 소녀는 달려가서 그의 품에 안겼습니다. 그가 웃으며 감꽃 하나를 집어 입에 넣자, 손에 담겨 있던 감꽃들이 마치 별빛처럼, 반짝거렸습니다.

　하늘로 날아올랐습니다. 날아올라 저녁의 성좌로 하늘 가득히 꽃의 정원을 그렸습니다. 그가 소녀를 업고 집으로 향했습니다. 밤은 깊어 갔지만, 그와 소녀의 세계에 외로움은 없었습니다. 잠든 소녀의 얼굴에서 미소가 번졌습니다.

　그날 이후 정신이 돌아올 때마다 교회에 찾아갔나 봅니다. 점과 굿을 좋아했던 남편과 시어머니는 무당이 돼야만 자식들이 돈 걱정 없이 살 수 있다고 포기하지 않았나 봅니다. 그래서 교회까지 찾아와 목사님께 욕설을 퍼붓기도 했나 봅니다. 그렇지만 나는 고통을 좀 더 잘 견디는 법을 배웠나 봅니다. 그런 남편과 시어머니를 위해 기도하겠다고 결심했나 봅니다. 내게 강 같은 슬픔을 걸어서, 내게 강 같은 평화를 노래하기 시작했나 봅니다.

실
어
,

8

　　큰아이가 5학년이 되었을 때 둘째 아이는 다섯 살이었습니다. 둘째 아이는 큰아이와 함께 지내기를 좋아했습니다. 그래서 형이 있는 곳이라면 그곳이 어디든 따라다녔습니다. 심지어는 교실까지 쫓아가 형의 옆자리를 지켰습니다.

"우리나라는부터 읽어 보자!"

"야! 우리나라는"

"우리나라는"

"삼면이 바다로"

"삼면이 바다로"

"아따! 선상님 쟈가 자꾸 따라 읽어서 못 읽겠어요!"

큰아이의 담임 선생님이 가정방문했습니다.

"형과 아우가 사이가 좋아서 함께 등교하는 것까지는 이해할 수 있어요. 그런데 수업 시간에 학생들에게 책 읽기를 시키면 아드님이 자꾸 흉내를 내서 수업을 진행할 수가 없네요."

"죄송해요. 제가 매일 큰아이의 등교를 챙길 수 있는 상황이 아니라서 선생님께 폐를 끼쳤네요. 내일부터는 제가 더 신경 쓸 테니 마음 놓으세요."

선생님은 애로사항을 이야기하면서도 미소가 가득했습니다. 둘째 아이의 모습이 떠올랐던 모양입니다.

"고맙습니다. 저는 이해하는데, 다른 학부모님 귀에 들어가서 제가 좀 난처하게 됐습니다."

그래서 선생님의 이야기는 단호한 당부보다 간곡한 부탁으로 들렸습니다.

"아이가 총명하고 똘똘해서 반 아이들에게 인기가 많아요. 그래서 더 문제예요. 학생들이 공부는 안 하고 아이만 쳐다보거든요. 학교에 입학하면 호기심이 많아서 공부를 잘할 것 같긴 합니다."

담임 선생님이 돌아가신 후 나는 결심했습니다. 큰아이와 둘째 아이를 해외로 입양시켜 배움의 기회를 열어 주겠다고. 목사님을 찾아가 아이들의 입양을 부탁했습니다. 목사님 역시 두 아이들의 미래를 위해 그러는 편이 좋겠다며 고개를 끄덕였습니다. 입양 절차는 순조롭게 진행됐습니다.

"나는 죽어도 못 간당께! 보내면 도망쳐서 확 죽어버릴 것인께, 나가 죽는 거 보고 잡으면 알아서 혀요!"

문제는 아이들의 마음이었습니다.

"나도 엄마랑 형아랑 함께 사는 게 좋은디. 나도 보내면 형아처럼 확 죽어버릴 것인께, 알아서 혀요!"

"시방 엄마가 우릴 버릴라고 혀는 거랑께! 근디, 너는 왜 자꾸 형아를 따라 헐라 혀? 죽는 것까장."

"형아니까 글제."

두 아이의 반대는 생각보다 심각했습니다. 입양처가 결정되자 큰아이는 단식으로 자신의 의지를 보여 주기도 했습니다. 아이들의 미래를 위한 선택이었지만, 아이들은 엄마가 자신들을 버리려 한다는 생각에 방점이 찍혀 있었습니다. 입양을 강제할 경우 아이들의 마음이 다칠 것 같았습니다. 결국은 입양을 취소해야 했습니다.

나도 한 3년 정도는 매우 열심히 일했던 기억이 있다. 살던 대로 살았어야 했는데, 뭐랄까? 처음으로 어떤 기쁨을 느꼈다고나 할까. 땀 흘려 일한 대가로 받은 월급봉투를 아내에게 줄 때는 마음 한편이 뜨끈뜨끈해지고 어깨에 힘이 들어갔다. 한 마디로 말해 가장의 역할에서 행복감이라는 것을 느꼈다.

"김 형! 나와 함께 일해 봅시다. 우리가 일할 수 있는 날이 얼마나 남아 있겠습니까. 김 형이나 나나 몇 년 지나면 환갑입니다. 더 늙기 전에 가족을 위해 뭐든 해야 늙어서 자식들에게 대접받고 살 수 있지 않겠습니까."

보일러 공장에서 임원으로 재직 중인 그가 이런 제안을 말했을 때 미쳐서 그랬는지 바로 승낙하고 말았다. 그는 서울에서 만난 첫 친구의 친구였다. 애주가라는 공통점 때문에 급격히 친해져 허물없는 관계가 됐다. 처음에는 일손이 필요할 때만 고용돼 일하곤 했다. 공장이 꽤 큰 규모여서 자식들의 학비도 지원했다. 내 기억으로는 대학에 입학하면 입학금까지 지원해 준다고 했다. 고등학생이 된 다섯째 아이와 마주 앉아 밥을 먹으며 그런 말을 했다.

"대학 가믄 회사에서 입학금도 보태 준다고 헌께 너도 열심히 혀봐라."

사실 그때는 그 말을 하면서도 무척이나 어색했다. 나는 그 전까지 단 한 번도 자식들에게 이래라저래라 말해본 적이 없었다. 아마도 그놈의 행복감이 문제였다. 정식 직원이 되면서 때때로가 아닌 매월 일정한 액수의 월급을 받았다. 야근할 때도 신이 났다.

"김 씨! 내가 급한 일이 있어서 그러는데, 야근 좀 대신 해줄 수 있나?"

"나야 돈 벌고 좋제. 내일도 빠져 부러. 나는 괜찮은께!"

퇴근 후에 땀냄새와 함께 마시는 막걸리의 맛에 점점 길들여졌다. 일을 하며 좋았던 순간은 출근하며 아내에게 이런 말을 남겼을 때였다.

"학자금 고지서 아직 안 나왔당가?"

그러나 옛말이 틀린 게 없었다. 사람이 갑자기 변하면 죽을 때가 된 것이다. 아마 나도 죽을 때가 되어서 그랬는지 낮술을 하고 귀가해 출입문을 열다 기억이 끊어졌다. 내가 중환자실에서 헛소리로 했다는 말.

"어쩌야 쓰까, 학비를 챙겨야 하는디 어쩌야 써……."

그래서였는지 지갑 속에 모아둔 돈을 생각하면 다섯째 아이의 얼굴이 떠올랐다.

☪

둘째 아이의 학습능력은 뛰어났습니다. 학교에 다니기

시작하며 수없이 많은 우수상을 받아 왔습니다. 학교에서 돌아오면 아버지가 남겨둔 일을 끝내고 공부에 몰입했습니다. 둘째 아이가 책을 펼치면 동생들도 엎드려서 공부하는 흉내를 냈습니다.

"가, 나, 다, 라⋯⋯."

"아따! 니는 입으로 공부허냐?"

"글면 시째 형아는 코로 공부헌당가? 읽으라고 입이 뚫렸제 보라고 뚫렸남? 나는 입으로 허는 것이 더 잘 된께 그라제!"

"눈으로 허란께! 꼭 공부 못허는 것들이 씨끄랍게 공부혀싸. 눈으로 허는 공부는 예의여. 공동체 생활도 안 배왔냐?"

"안 배웠는디! 아직 학교에 안 들어갔은께⋯⋯."

"둘 다 조용! 형 시험기간이니까 조용히 공부하자!"

아이들의 글씨 쓰는 소리가 또박또박 마음에 새겨질 때마다 나도 삶에 대한 의지를 다시 써내려 갔습니다.

"둘째 형아는 뭐 될라고 공부를 그렇게 열심히 혀싸?"

"훌륭한 사람이 될 것인디."

"훌륭한 사람이 뭐신디?"

"돈 많이 벌어서 가족을 잘 돌보는 사람이 훌륭한 사람이제!"

둘째 아이는 집안일을 도우면서도, 광주에 있는 유명 인문계 고등학교에 진학할 수 있는 성적을 유지했습니다. 그러나 큰아이에게 본받은 가정에 대한 책임감 때문이었는지 상업고등학교에 원서를 넣었습니다.

"엄마 나 합격했어라! 졸업허면 은행에 취직혀서 엄마랑 동생들 다 책임질 것인께 쪼까 참고 계셔라."

둘째 아이가 입학한 상업고등학교는 지역을 대표하는 학교였습니다. 졸업 즉시 은행에 취업이 가능했습니다. 그러나 꿈을 이루기 위해 넘어야 할 산은 높기만 했습니다.

당시만 해도 초등학교까지만 의무교육으로 지정돼 둘째 아이의 학비를 감당하기가 쉽지 않았습니다. 중학교와 초등학교에 재학 중인 동생들이 있었기 때문입니다. 등록금 철만 되면 둘째 아이는 도시로 행상을 떠난 엄마가 돌아올 때까지 신작로의 밤을 걸어야 했습니다. 학비만 문제였던 것은 아닙니다. 집에서 광주까지 버스로 한 시간 정도가 걸렸는데, 차비가 없어서 그 먼 길을 몇 시간씩 걸어 다니기도 했습니다. 자연히 성적은 떨어졌고, 불안했던 가정환경은 둘째 아이를 더욱 힘겹게 했습니다.

☀

　아내가 온다. 바나나를 사들고 온다고 한다. 물론 아내가 올 때는 바나나만 사오는 건 아니다. 내가 먹을 수 있는 몇 가지 반찬을 준비해서 들고 온다. 그래서 택시로 10분 거리는 달콤하다. 사탕을 입에 넣고 굴리는 시간처럼. 물론 아내가 음식을 가져온다고 하면 나는 무조건 반대한다.

　"힘든게 그냥 오소!"

　하지만 그런 말을 듣는 순간부터 입 안에는 침이 고이기 시작한다. 내 배는 머리보다 긍정적이고 마음보다 솔직하기 때문이다. 오늘도 역시 그렇다.

　"피곤해 보이는디 뭐 하러 왔당가?"

　"둘째 왔다 갔어요? 오늘 잠깐 들른다고 했는데."

　"아까 왔다 갔어. 근디, 니째 차 안 타고 혼자 왔당가?"

　"예. 매번 어떻게 함께 가자고 해요."

　"그래도 혼자 댕기면 안 되제. 위험헌게."

　아내가 준비해온 반찬을 냉장고에 넣는다.

　"김치 지진 것 드시고 싶다고 해서 돼지고기 넣고 볶았어요. 저녁 먹을 때 간병인에게 데워 달라고 해서 드세요."

　아내가 준비해온 음식에 대해 이것저것을 이야기한다.

기운이 없는지 목소리에 힘이 없다. 갑자기 화가 난다.

"아따, 나가 요런 거 혀오라 혔어?"

아내가 한숨을 내쉰다.

"드시고 싶다고 해서 한 거예요."

"나가 먹고 싶다고만 혔지, 혀오라고 헌 건 아니제. 참말로."

"공들여서 한 거니까 그냥 드세요."

"알았으, 알았은께 빨리 넣고 거그 좀 앉드라고."

아내가 휠체어에 앉는다. 그리고 묻는다.

"아까 왔다 간 아들이 몇째예요?"

"둘째! 왜?"

"그럼 지금이 아침이에요, 낮이에요?"

"아따, 다들 왜 자꾸 귀찮게 그런 걸 물어봐. 낮이제!"

"······잘 기억하면서 왜 공단에서 조사 나왔을 때는 엉뚱하게 대답했어요?"

"고것은 ······나가 귀찮은께 그랬제. 해주는 것도 없는 것들이 속만 긁어놔. 대답을 잘허면 나으라 더 잘해줘야 헐 것인디, 생각도 못 하는 사람이 되았을 때 잘해줘 봤자 뭐 한당가. 고것들은 아주 못된 것들이여."

아내가 웃는다.

"그래서 그랬어요?"

"그려! 내가 뭐 잘못했어?"

기분이 좋아진다.

"알았어요. 알았어."

아내의 얼굴에 웃음이 그려져 있다.

갑자기 맞은편 병상에서 아내의 미소와 어울리지 않는 재채기 소리가 들린다. 병실이 떠나갈 정도로 소란하다. 새로 온 환자는 재채기를 참지 못한다. 아니 참지 못한다기보다는 자신의 큰 재채기 소리를 자랑하고 싶어하는 눈치이다. 이런 사람들은 대체로 생활습관이 그렇다. 그래서 말보다는 행동으로 잘못을 일깨워 줘야 한다. 특히나 정상적인 정신을 가진 사람은 나뿐이어서 모두의 평안을 위해 희생정신을 발휘해야 한다.

"아따! 쩌 사람은 알아듣게 잘 야글 혀도 통 말을 들어 먹질 않네. 엊그제 왔는디 잠 잘 때도 저 지랄헌당께."

"제발 성질 좀 죽여요!"

"오래 앉아 있지 말고 어여 가소! 저런 것들하고 있어 봤자 힘만 든께. 어여 가드라고."

"안 그래도 시장 보려면 지금 일어나야 해요."

"그려, 조심허고 어여 가소!"

아내가 병실을 나간다. 어깨가 무거워 보인다. 가끔은 아내의 얼굴도 기억나지 않을 때가 있다.

☪

　남편은 술에 취해 있었습니다. 수요예배에 다녀온 게 화근이었습니다. 둘째 아이가 귀가하기 직전이었고 아직 어린 동생들은 울고 있었습니다. 남편이 내 머리채를 붙들었고 담뱃불을 목덜미 가까이에 댔습니다. 나는 악에 받친 비명을 내질렀습니다. 그 순간 둘째 아이가 뛰어들어 왔습니다.

　"지금 뭐 허시는 거요?"

　둘째 아이의 높아진 목소리가 남편에게 화를 더했습니다.

　"뭐여, 이 호래자식 보소. 지금 아버지에게 덤비는 것여?"

　거의 매일 같은 소동이 일어났지만, 그날만큼은 둘째 아이도 울분을 참지 못했습니다. 둘째 아이가 재봉틀 위에 있던 가위를 집어 들었습니다. 그리고는 방바닥에 손바닥을 펼쳤습니다.

　"더하면 확, 가위로 찍어 버릴 텐께 알아서 혀요!"

　"뭐셔?"

　남편이 내 머리채를 더욱 단단히 쥐었습니다. 목덜미에 붉은 낙인을 찍었습니다. 방이 고통스럽게 뒤틀렸습니다.

　"지발 좀! 그만 좀 허시라고요!"

　"……."

가위가 둘째 아이의 손바닥에 꽂혔습니다. 순식간에 방이 핏빛으로 물들어 갔습니다. 나는 남편의 손을 뿌리치고 둘째 아이에게 달려갔습니다. 남편도 자식의 피를 목격한 후에는 반쯤 정신 나간 사람처럼 몸을 움직이지 못했습니다. 벌컥벌컥 쏟아 나는 피를 감당할 수 없었습니다. 나는 장롱에서 이불 호청을 꺼내 둘째 아이의 손을 감쌌습니다. 슬픔이 방의 고요를 삼켰습니다.

며칠간은 학교에 갈 수 없을 정도로 심한 열병을 앓았습니다. 물론 아프지 않았다고 해도 결과는 달라지지 않았겠지만, 가난한 부모로 인해 둘째 아이의 첫 실패가 완성되고 있었습니다. 둘째 아이는 미래의 직장이 보장된 학교를 다녔음에도 1년을 채우지 못하고 중퇴했습니다. 둘째 아이가 큰아이에게로 떠나던 날, 나는 차라리 그때 입양을 보냈어야 했다고 혼잣말을 중얼거렸습니다. 학업을 중단한 둘째 아이는 큰아이와 잠시 광주에 머문 뒤 함께 서울행 기차에 올랐습니다. 어느 날 학교에 간 셋째 아이가 돌아오지 않았습니다. 며칠이 지난 뒤 큰아이로부터 편지가 도착했습니다.

엄마! 셋째도 우리와 함께 있어요. 동생들과 열심히 일해서 자리 잡으면 꼭 모시러 갈게요.

9

　　둘째 아이가 다섯째 아이를 보내고 병실을 지
켰습니다. 둘째 아이는 일이 많아서 공식적으로 한 달에 두
번, 일요일에 휴식시간을 가졌습니다. 그중 하루를 엄마의
간병을 위해 사용했습니다.

　"이제 나 혼자 있어도 되니까, 어서 가서 쉬어. 매일 일만
하면서 쉬는 날이라도 좀 쉬어야지."

　둘째 아이가 가까이 다가와서 개구쟁이의 말투를 꺼냈
습니다.

　"조영애 씨! 조영애 씨! 내 걱정 말고 엄마 걱정이나 하
세요!"

　둘째 아이는 사업의 어려움으로 인해 결혼 시기를 놓쳤
습니다. 다섯째 아이와 나눴다는 이야기를 들어 보면 결혼
을 약속했던 여성이 있었습니다.

"좌판 앞에서 머리핀 하나 사달라고 하는데, 돈이 없어서 그 조그만 것 하나도 못 사줬다. 그날 돈 없어도 상관없으니까 잡지 않으면 떠날 수밖에 없다고 하더라. 그런데…… 붙잡을 수 없었지. 우리가 지독하게 가난하게 살았는데 너라면 잡을 수 있겠냐?"

둘째 아이는 몇 년 전까지만 해도 사업이 어려워서 하루하루 마음 졸이며 살았습니다. 큰아이와 셋째 아이가 시작한 일에 어려움이 닥쳐 둘째 아이가 합류했다가 자신이 살고 싶었던 삶을 놓치고 말았습니다.

큰아이와 셋째 아이가 합심해 안경 유통사업을 시작한 해에 IMF시대가 시작됐습니다. 둘째 아이는 제법 큰 안경테 제조 회사에 다니다가 한 안경원의 제안으로 이직한 상태였습니다. 둘째 아이는 안경사 관련업무 외에도 홍보하는 일에 특별한 능력이 있어 적지 않은 월급을 받았습니다. 그래서 안경업계 외에도 둘째 아이를 원하는 회사가 상당수 있었습니다. 이웃들은 둘째 아이가 받아 온 월급이 대기업 회사원이 받는 월급과 같다고 했습니다. 서울의 월세에서 전세로, 서울의 산 11번지나 지하 생활에서 더 나은 환경으로 이사할 수 있었던 데는 둘째 아이가 받아온 월급이 큰 뒷받침이 됐습니다.

급작스럽게 시작된 IMF사태는 아이들을 위기 속으로 몰아넣었습니다. 매출이 적어 임대료나 대출이자를 제대로 내지 못할 정도로 어려웠습니다. 애초에 둘째 아이는 큰아이와 셋째 아이의 사업계획을 반대했습니다. 다섯째 아이가 대학교 복학을 앞두고 있었고, 여섯째 아이와 막내딸은 고등학교와 중학교에 재학 중이었습니다. 둘째 아이는 동생들을 제대로 뒷받침하기 위해서는 안정적인 직업이 필요하다고 생각했습니다. 반대로 큰아이와 셋째 아이는 사업이 잘 되면 오히려 동생들에게 더 큰 도움을 줄 수 있다고 믿었습니다. 모두의 말이 옳았지만, 운명은 둘째 아이의 판단에 손을 들어 주었습니다.

둘째 아이의 합류는 큰아이와 셋째 아이의 책임감을 모두 넘겨받는다는 의미와도 같았습니다. 그날 이후로 아이들 모두는 10년 이상을 빚과의 전쟁 속에서 살아야 했습니다. 시장에서 파는 2만 원짜리 구두 한 켤레를 살 형편이 안 돼 밑창이 떨어진 구두를 신고 겨울을 보내기도 했습니다. 이런 어려움 속에서도 아이들은 감사하는 마음을 잃지 않았습니다.

"엄마! 그때 빚만 잔뜩 졌지만 그래도 괜찮다고 생각했던 이유가 뭔 줄 아세요? 그곳에서 큰형이 결혼했다는 거예요!"

큰아이와 셋째 아이의 사업장 옆에 치과가 있었습니다. 큰며느리는 치과에서 근무하고 있었습니다. 시력이 좋지 않아 안경과 관련된 정보를 얻기 위해 자주 매장에 들렀던 모양입니다. 큰며느리는 장애가 있으면서도 당당하게 살아가는 큰아이의 모습에 호감을 가졌습니다. 2년간 교제한 두 사람은 축복처럼 눈이 펑펑 오는 겨울에 결혼식을 올렸습니다. 큰아이의 나이는 40살이었고 며느리와는 12살 차이가 났습니다. 가족 모두가 기뻐했지만 특히 둘째 아이의 감회는 남달랐습니다. 자신이 큰아이보다 먼저 결혼하면 큰아이가 결혼 자체를 포기할까 걱정해, 자신의 결혼을 미뤘기 때문입니다.

"결혼하면 부부가 저렇게 늙어야 하는데, 엄마 부럽지?"

둘째 아이가 새로 입원한 노부부의 모습을 보고 말했습니다. 남편이 아내의 다리를 정성스럽게 주무르고 있었습니다.

"아내와 함께 60년을 살았는데 벌이가 시원치 않아 평생 고생만 시켰네요. 아내가 죽으면 저도 살 수 없을 것 같아요. 둘 다 시간이 얼마 남지 않았지만 이렇게라도 함께 있을 수 있어서 감사해요."

노인의 이야기를 다 듣고 둘째 아이가 혼잣말로 중얼거

렸습니다.

"사랑하는 사람들이 만나면 저렇게 늙어 가는구나!"

고마웠던 한 사람의 얼굴이 떠올랐습니다.

"아따! 재채기 좀 조용히 허랑께! 여가 당신 혼자 사는 집이여? 그려?"

점점 발걸음 소리가 커진다. 불이 켜진다. 간호사가 급하게 병실 문을 열고 들어온다. 누군지 알고 있다는 듯이 찬바람을 몰고 바로 나에게로 다가온다. 평상시처럼 얼굴에 불만이 가득하다.

"아버님 무슨 일이세요?"

"쩌 사람이 몇 번을 야글 혀도 안 듣잖소!"

간호사가 연거푸 한숨을 내뱉는다.

"저분은 치매 증상이 있어서 아버님이 이해하셔야 해요. 그리고 아버님! 이렇게 큰소리로 소리치시면 다른 환자분들이 잠을 못 자요."

"근께 나가 간호사 선상님들께도 몇 번을 야그혔잖소. 참말로!"

"다른 분들은 아무 말도 안 하시는데 유독 아버님이 민감하게 반응하시는 거예요."

"쩌 사람들은 몸도 못 움직이고 말도 못 허니께 가만있는 것 아니겠소!"

간호사가 뭔가를 다짐했다는 듯이 단호하게 말한다. 물론 그 다짐이 나를 위한 선택이 아니라는 것 정도는 충분히 예상할 수 있다.

"알았어요, 아버님. 제가 내일 보호자 통해서 잘 이야기할 테니 아버님도 좀 조용히 해주세요!"

간호사가 간병인에게 귓속말을 하고 불을 끈다. 아마도 내일이면 나는 다시 뭔가를 잘못한 사람이 돼 있을 것이다. 어쩌면 자식들 중 한 명이 찾아와 간호사의 입장에서 나에게 환자 수칙, 아니 양부 수칙을 일깨워줄 것이다. 효를 주장하는 양자일수록 과묵한 양부를 좋아한다. 시키면 시키는 대로 하다가 산소 호흡기를 뗄 때도 조용하기 때문이다.

사실, 자식들은 인정하기 싫겠지만 효자는 부모가 만든다. 자식이 부모에게 제아무리 잘해도 자식에 대한 언짢은 이야기를 동네방네 떠들어대면 자식은 즉시 불효자가 된다. 불효자를 효자로 만드는 일 또한 쉽다. 자식에게 매일 얻어맞아도 밖에 나가서 용돈을 준다는 표현으로 바꿔 말하면 불효자는 효자가 되는 것이다. 나에게도 그런 기억이 하나 있다.

☾★

　성이 정 씨라고 했습니다. 남편을 만나기 전 이모로부터 중매가 들어왔습니다. 그 어렵던 시절에 서울에서 대학교를 졸업했다고 했습니다. 이모는 엄마에게 이것저것을 설명했습니다. 엄마는 단 한 가지 이유로 그가 가진 장점들을 모두 외면했습니다. 외동아들이었기 때문입니다. 시어머니 등쌀에 딸이 힘든 결혼생활을 할 수 있다며 단호하게 거절했습니다. 나 역시도 엄마가 반대하는 결혼은 하고 싶지 않았습니다.

　할아버지가 지은 집은 담이 낮아 길을 걷는 사람과 눈이 마주치는 일이 잦았습니다. 어느 날 사냥총을 어깨에 멘 남자가 담장 앞에서 발걸음을 멈췄습니다.

　"죄송하지만 물 한 잔 부탁할 수 있을까요?"

　"예?"

　"이웃 마을에서 사냥을 나왔는데 갈증이 나서요."

　때마침 이모가 사립문을 열고 들어왔습니다. 처음 본 남자의 부탁에 당황한 표정으로 이모를 맞았습니다.

"갈증이 나서 물 한 잔 부탁하고 있었어요."

이모는 나와 그를 번갈아 쳐다본 후 눈짓으로 나의 행동을 재촉했습니다.

"예?"

"뭐 허고 있어? 사람이면 서로 간에 인정을 나누고 살어야제. 어여 가져다 드려!"

담 너머로 물그릇을 주고받았습니다. 그는 물을 마시고 차분한 목소리로 감사하는 마음을 표현했습니다. 부엌에 그릇을 두고 나왔을 때 그와 이모는 없었습니다. 그날 저녁 무렵 이모가 찾아왔습니다. 이모는 엄마의 눈치를 살피며 조심스럽게 말을 꺼냈습니다.

"오늘, 어땠어? 그 남자?"

갑작스런 이모의 질문에 마음이 쿵쿵거렸습니다. 나는 아무 말도 하지 못한 채 엄마 얼굴을 보고 고개를 숙였습니다. 엄마의 부릅뜬 눈이 이모에게 고정됐습니다.

"정 씨가 한번 보고 싶다고 혀서."

엄마는 한참 이모를 노려보다가 단호하게 말했습니다.

"나가 외동아들은 절대로 안 된다고 혔냐, 안 혔냐? 니 딸이면 외동아들헌테 시집보낼 수 있겄어?"

"아니, 고런 것이 아니라 그냥 물 한 그릇……."

엄마의 완강한 태도에 이모는 말을 잇지 못하고 풀이 죽어 방문을 열었습니다. 나는 이모의 마음이 고마워서 대문 앞까지 배웅했습니다. 담 너머로 이모가 사라지는 것을 보고 돌아섰을 때, 이모의 한숨 섞인 목소리가 들려왔습니다.

"어쩔 수 없긴 헌디…… 정 씨는 니가 마음에 든다 허더라!"

마음이 두근거렸습니다. 처음 느껴보는 기분이었습니다. 나는 방에 들어가서 아직 다 완성하지 못한 책상보를 꺼내 수를 놓았습니다. 그가 기뻐하는 모습을 상상하면서. 빨갛게 달아오른 얼굴을 엄마가 흘깃흘깃 쳐다보았습니다.

여섯째 아이를 낳은 지 얼마 되지 않아 면사무소에서 사람이 방문했습니다. 생활보호 대상자로 등록하면 식량을 가족 수만큼 배급받을 수 있다고 했습니다. 신청하려면 서류를 작성해야 해서 면사무소에 들러야 한다고 했습니다. 다음날 오후 늦게 면사무소에 갔습니다. 담당 공무원은 서류 작성을 끝내고 손가락으로 배급소를 가리켰습니다.

낯익은 얼굴과 눈을 마주쳤습니다. 그 순간 온몸이 얼어붙는 것만 같았습니다. 입고 온 옷차림을 살폈습니다. 고개를 숙였습니다.

"이분은 제가 드릴게요!"

그는 배급량보다 많은 식량을 부대에 담아 주었습니다.

그러고는 수레가 있는 곳까지 부대를 옮겨 주었습니다. 고마웠지만 고맙다는 말조차 꺼낼 수 없었습니다. 수레를 끌고 면사무소를 나갈 때 집으로 찾아왔던 사람과 마주쳤습니다.

"아따, 인자 오셨소. 면서기님은 만났당가요? 면서기님이 추천혀서 된 것인디, 서로 인사는 허셨소?"

"예? 바쁘신 것 같아서…… 감사드린다고 저 대신 꼭 전해 주세요."

수레는 배급받은 식량보다 몇 배는 더 무거웠습니다. 감사하는 마음보다 부끄러운 마음이 앞섰습니다. 무수한 생각들이 이리저리 흘러 다녔습니다. 만약 엄마가 반대하지 않았다면 그와 내가 결혼했을까? 만약 그와 결혼했다면 아이들이 지금보다 나은 환경에서 공부하고 있지 않을까? 내가 만약 그와 결혼했다면? 그 아이도? 만약에 그와 결혼했다면……. 저녁 무렵이었고, 지옥 같은 대문이 열렸습니다.

"이 개새끼야! 니가 아버지여?"

큰아이가 자신이 짚고 있던 지팡이를 들고 달려들었다. 눈에는 독기가 가득 차 살기가 느껴질 정도였다.

"흐미! 병신 새끼가 인자 대가리 좀 컸다고 덤비는 것이여. 요런 오살헐 놈 보소!"

그날도 나는 아내의 긴 생머리 한 묶음을 단단히 잡고 있었다. 남편이 아내를 때리는 데는 그만한 이유가 있었다. 속을 긁었거나, 밥상이 늦게 차려지거나, 국이 식었거나 하는 것들. 이유가 필요하다면 모든 것이 이유일 수 있었다. 심지어는 때리는 것 자체가 이유였다.

"니가 먼디 우리 엄마를 자꾸 때려? 니가 먼디? 나가 저 새끼 죽여버릴 것여!"

"그려? 혀봐!"

그러나 아버지에게 도전하는 자식은 모든 사람에게 손가락질을 받았다. 아내도 마찬가지로 지아비에게 순종해야 할 의무가 있었다.

발로 달려드는 큰아이를 밀쳤다. 다리를 절룩거리며 병든 개처럼 마루로 나뒹굴었다. 큰아이의 몸은 길가에 팽개쳐진 빨래 같았지만 이빨만큼은 날카로워 보였다. 으르렁거리는 얼굴이 비장함을 드러냈다. 아내가 큰아이에게 달려가려는 찰나.

나는 아내의 머리채를 잡아채 더욱 단단히 말아 쥐었다.

"혀봐! 혀볼 테면 더 혀봐! 아이고, 병신 새끼 밥 처먹여 놨더니……."

아내의 머리로 벽을 두들겼다.

쿵! 소리가 커지수록 쿵! 희열과 분노가 뒤섞였다.

"쌍년아! 니가 고로코롬 헌께……."

쿵…….

번개가 눈앞에서 번쩍거렸다. 머리에서 이마로 흘러내리는 것이 있었다. 피가 방바닥에 고이는 순간 자식에게 얻어맞았다는 비참한 마음보다 두려운 마음이 앞섰다. 나는 백정처럼 살았다. 손에 피를 묻히기 싫어하는 마을 사람들은 모두 나를 찾아왔다. 가축을 도축하고 나면 몸에서 죽음의 냄새가 진동했다. 어쩌면 그 순간 나는 내 손에 의해 죽어갔던 짐승들의 울음을 들었는지도 모르겠다. 큰아이가 한쪽 손으로 불편한 무릎을 짚고 노려보고 있었다. 그 불안한 자세에서 모든 것을 포기한 자의 결의가 흘러넘쳤다. 누군가를 지키기 위해 자신의 전부를 포기할 수 있는 무모함, 나는 누구에게도 그런 마음을 가져본 적이 없었다. 나를 위해 그렇게 살아준 사람 역시 없었다. 내가 큰아이를 죽이지 않으면…… 큰아이가 나를 죽일 것 같았다.

10

꿈이 가파르다. 어머니의 손을 잡고 장에 갔던 어린 시절을 꿈꿨다. 아버지는 정말 열심히 일했다. 너무 열심히 일에 열중해서 내가 아주 어렸을 때 생을 마감했다. 그래서 아버지에 대한 추억은 문을 열고 들어왔다가 나가는 모습이 전부였다. 아버지가 생존해 있을 때 어머니는 다정했다. 어머니와 함께 장에 가면 먹고 싶어하는 것과 갖고 싶어하는 것 대부분을 사주었다. 엿이며, 떡이며, 새 신과 같은 것들. 아버지가 무슨 일을 했는지는 기억에 없지만 처음에는 제법 큰 집에서 살았다. 어릴 때는 한문을 배웠고, 한글을 배웠으며, 잠깐 학교에 다닐 때는 일본어도 배웠다. 똑똑해서 장래가 촉망되는 학생이라는 칭찬을 듣기도 했다. 그러나 아버지의 부재 이후 모든 상황이 뒤바뀌었다.

어머니는 동네에서 소문난 미인이었다. 예쁜 얼굴은 이 집 저 집에서 인기가 높았다. 사람들이 어머니에게 부탁한 일은 어려운 일이 아니었다. 밭을 매거나, 베를 짜거나 하는 일과는 거리가 있었다. 남자들은 어머니가 손을 모아 정성스럽게 빌어 주는 것을 좋아했다. 예쁜 얼굴을 한 여자가 빌어줄 때 어떤 영험함이 있었는지는 모르겠으나, 나 역시도 어린 시절부터 어머니의 영험함에 동참해야 했다. 기쁜 일이 있거나 슬픈 일이 있는 집에 찾아가 두 손을 모았다. 일이 끝나고 나면 음식과 돈이 주어졌다. 수입이 괜찮았는지 어머니는 비는 일을 업으로 삼았다. 무당 아닌 무당이 됐던 것이다. 가난한 집의 경조사라도 먹거리는 일상에서 먹을 수 있는 음식들 이상이었다. 그래서 나도 비는 일이 싫지 않았다.

"니가 시방 정신이 있는 것여? 딸린 입이 몇 갠디 몰라서 그려?"

비는 삶이 시작된 이후 어머니와 함께 시장에 가면 혼이 나갈 정도로 꾸중을 들었다. 어머니가 머리를 쥐어박으면 서러워져서 집에 돌아올 때까지 울었다. 울면 운다고 또 머리를 쥐어박아 눈물이 마르지 않았다. 어머니가 처음부터 그랬다면, 나도 원하는 것을 말하지 않는 법을 배웠을 것이다. 어머니는 변해갔지만, 비는 자리만큼은 꼭 나를 데리고 갔다. 철이 조금 들고 그 이유를 알게 됐다. 어머니는 미인이기에 앞서 과부였다. 어머니의 영험함은 거기에 있었다.

"임자 손이 참 고와!"

"시방 이게 뭔 수작이요? 애가 옆에서 눈을 시퍼렇게 뜨고 있는디, 안 보이요?"

"에이, 눈이 시퍼러면 고것이 사람이여? 아야! 어른들끼리 헐 야그가 있은께 쩌 짝에 좀 갔다 와라잉!"

어머니는 자신이 할 수 있는 일로 자식들을 먹여야 했다. 그러나 남자들은 어머니에게 부탁한 것보다 더 많은 것을 빌기 원했다. 그런 날이면 어머니는 술을 마셨다. 술에 취하면 가끔은 살아 돌아온 아버지가 다시 죽은 것처럼 대성통곡했다. 그래서 나는 어머니보다 더 열심히 다른 사람의 복을 빌기 위해 노력했다. 그래야만 어머니가 편해질 수 있을 거라고 믿었다. 요즘 어머니의 꿈을 자주 꾼다. 저수지에서 삐비꽃을 씹으며 친구들과 함께 놀고 있으면, 걱정에 못 이겨 달려온 어머니가, 나를 끌어안고 집으로 돌아가는 해거름의 풍경을……

저녁식사가 나왔습니다. 책을 보던 둘째 아이가 벌떡 일어서서 나의 식탁을 준비했습니다. 나는 둘째 아이에게 창가에 둔 유리컵을 달라고 했습니다. 둘째 아이가 컵을 이리저리 살피더니 물었습니다.

"엄마, 틀니 언제 했죠? 너무 오래 쫓기듯이 살다 보니 틀니가 이렇게 낡았는지도 몰랐네."

나는 유리컵에 든 틀니를 꺼내며 대답했습니다.

"20년 조금 넘었지. 아직은 쓸 만해. 다섯째는 내가 틀니 없이 오물오물하는 게 토끼 같아서 귀엽다더라."

둘째 아이는 틀니를 끼고 밥을 먹는 내 모습을 유심히 살폈습니다. 사실 틀니가 오래돼 잇몸과 맞지 않았습니다. 씹을 때마다 통증이 있어 제대로 씹지 않고 삼키다 보니 속이 좋지 않을 때가 많았습니다. 어느 순간부터 음식 섭취는 살기 위해 반드시 해내야 하는, 귀찮은 일이 되었습니다.

"바꿀 때가 이미 지났네. 퇴원하면 함께 치과에 가요. 지금은 우리들이 엄마 틀니 정도는 무리 없이 해줄 수 있으니까요!"

"괜찮아. 내가 살면 얼마나 더 산다고."

"그러면 엄마는 꼭 해야겠네. 오래오래 사실 거니까. 엄마! 틀니 이야기하니까 애들 어렸을 때 엄마 금니 해준다고 산에 가서 땅 파고 다니던 게 지금도 눈에 선하네."

젊었을 때부터 이가 좋지 않았습니다. 남편으로 인해 서른 살이 되기 전에 빠진 이가 여러 개였고 후에는 앞니에 충치까지 생겼습니다. 하루는 다섯째 아이가 유심히 내 이를 살펴보더니 말했습니다.

"엄마 이는 왜 까매?"

"……충치 때문에."

"글면 할머니처럼 금니로 바꾸면 되제!"

나는 초등학교 2학년인 다섯째 아이에게 형편이 어려워서 이를 할 수 없다고 차마 말할 수 없었습니다.

"네가 어디서 금이라도 캐오면 엄마가 금니를 할 수 있지."

옥산은 작은 산들로 둘러싸여 있는 마을이었습니다. 그날 이후로 다섯째 아이는 장작을 준비하러 산에 가는 형들을 쫓았습니다. 그리고 반짝이는 돌이 보이면 무조건 파내서 형들에게 물었습니다.

"요것이 금인감?"

"아니여. 여가 금이 있으면 딴 사람들이 다 파가 부렸겠제. 인자 포기혀라!"

"안 되아! 분명히 어딘가에 있을 것인디……."

형들이 땔감을 구하러 가지 않는 날에는 네 살 차이 나는 여섯째 아이와 함께 산에 올랐습니다. 혹시나 사고라도 날까 걱정돼 혼을 내도 해거름에는 흙먼지를 뒤집어쓰고 집에 돌아왔습니다.

하루는 두 아이가 웃음 가득한 얼굴로 와서는 두 손을 펼쳐 보였습니다.

"인자 엄마 금니 할 수 있당께요!"

"형아랑 나가 금을 캤어라!"

아이들의 손바닥 위에서 작은 자수정들이 반짝거렸습니다. 나는 그 마음이 고마워서 두 아이를 끌어안고 기도했습니다.

"우리 아이들이 금을 캐게 해주셔서 감사합니다. 이제 제가 사랑하는 아이들 덕분에 금니를 할 수 있게 됐습니다. 엄마에게 효도한 우리 아이들에게 꼭 큰 축복을 내려주세요!"

아니나 다를까, 망할 간호사가 한밤의 아주 작은 소동에 대해 자식들에게 연락을 취했다. 다섯째 아이가 대표로 내 앞에 서 있다. 매우 오랜만에. 다산은 이래서 불편하다. 이 놈 저놈 돌아가며 잔소리를 조금씩 나누면 피곤 위에 피곤이 쌓인다. 다섯째 아이가 가면 또 어떤 녀석이 방문을 하거나 전화해서 속을 긁어 놓을 것이다.

"아버지 또 싸웠다며?"

또, 라는 표현이 거슬린다. 그러나 조용히 대응하기로 한다. 내가 화를 내면 간호사가 고자질한 대로 신경질적인 아버지로 보일 수 있다는 걸 잘 알고 있다.

"나가 몇 번 주의를 줬는디 말을 안 들어서 그랬제."

다섯째 아이가 문제의 환자를 바라보고는 한숨을 내쉰다. 오랜만에 와서는 아버지에게 보여 주는 행동이 고작 한숨이다.

"저분은 치매 증상이 있어서 잘 기억을 못해요."

간호사랑 똑같은 말이다. 그러니까 녀석도 일방적으로 내 잘못을 일깨워 주고 싶은 모양이다.

"아버지가 불편하면 직접 말하지 마시고, 앞으로는 간호사에게 이야기해요."

"이야길 혀도 안 되는디 나한테 어찌라고?"

"목소리 좀 낮추세요. 다른 환자도 생각해야죠."

"나가 뭘 잘못혔다고?"

병원에서 문제가 생기면 늘 이런 식이었다. 처음 이곳에 왔을 때는 잠잘 때마다 내 얼굴을 빤히 들여다보는 치매 환자가 있었다. 새벽이면 몇 번씩 녀석으로 인해 잠에서 깼다. 주먹을 날리려다 참고 살짝 언성을 높였다. 그때도 결국에는 모든 화살이 나에게 날아왔다. 병실을 옮겨야 할 사람은 그 녀석이었지만, 내가 병실을 옮겼다.

"알았어요. 일단 아버지도 마음에 들지 않더라도 큰소리 내지 마시고 좋은 말로 하세요. 내가 간호사에게 이야기하고 갈 테니까."

"알았은께 어여 가! 가서 공부나 혀라!"

오랜만의 만남이 서로 간의 한숨으로 충만하다. 다섯째 아이가 자리에서 일어난다. 문득 지갑에 들어 있는 돈이 떠오른다.

"잠깐만 있어봐!"

지갑을 꺼내자 다섯째 아이가 웃는다.

"어여 받어! 밥 굶지 말고 다니고 니 엄마 맛난 것도 사다 주고."

"……괜찮지만, 주면 안 받을 이유가 없으니, 땡큐!"

"공부나 열심히 혀!"

나는 자식들에게 용돈을 받으면 다섯째 아이에게 줄 돈

을 따로 챙겨 뒀다. 입원할 때마다 간병해준 일이 고마워서이기도 했고, 다섯째 아이만큼은 공부를 많이 했으면 하는 마음이 있었기 때문이다.

"갸는 이제 안 만나냐?"

뻔한 질문에 뻔한 웃음을 짓는다.

"서로 나이만 먹어가서 보내 줬어요."

다섯째 아이가 병실을 나간다. 등에 짊어진 가방이 무거워 보여서 뿌듯하다. 오랜만에 마음이.

11

　　옥산에서 덕진으로 이사했습니다. 옥산의 집은 기와가 낡아 비만 오면 빗물이 샜습니다. 빗방울을 받던 한 개의 그릇이 나중에는 생활이 불가능할 정도로 늘어나서 사람이 누워야 할 자리를 독차지했습니다. 아이들의 편의를 위해 정류장과 가까운 마을로 이사하고 싶었습니다.

　　때마침 버스가 들어오는 덕진에 싸게 나온 집이 있었습니다. 교회가 바로 옆에 있다는 점도 계약을 서두르게 했습니다. 남편은 이사 문제에 전혀 관심이 없다가 집이 교회 옆이라는 말을 듣고 발끈했습니다. 그렇다고 남편에게 다른 선택지가 있었던 것도 아니어서 이사는 계획대로 진행됐습니다. 그러나 남편의 불만은 어떠한 이유로든 폭발할 수 있는 활화산이었습니다.

　　이사 후 남편에게 허리디스크 증세가 나타나기 시작했습

니다. 시어머니는 터가 좋지 않은 곳으로 이사해서 그렇다며 나에게 원망의 말을 멈추지 않았습니다. 게다가 일을 도울 수 있는 사내아이들이 모두 서울로 떠나자 남편을 대신해줄 손이 전혀 없었습니다. 남편은 전보다 몸을 더 움직여야 했고, 이로 인해 디스크 증상이 악화됐습니다. 남편은 걸을 때마다 고통을 호소했습니다. 고통은 약이 아닌 술로 치료됐습니다. 남편이 술에 의지해 살아갈수록 가계는 처방이 불가능한 시한부 환자가 되어 갔습니다.

어린 아이들에게는 매일 술심부름을 시켰습니다. 그것도 외상술인지라 삶의 난처함은 어린 아이들에게 돌아갔습니다. 술심부름은 주로 여섯째 아이가 담당했습니다. 한번은 다섯째 아이가 술심부름 갔다가 밤늦도록 돌아오지 않았습니다. 찾아보니 헛간에서 빈 됫병을 안고 잠들어 있었습니다. 외상술을 주지 않아 남편을 피해 헛간에 숨었다가 잠들었던 것입니다. 이후로 외상술은 여섯째 아이가 전담했습니다. 술집 주인은 자기 몸의 절반만 한 병을 든 여섯째 아이만큼은 외면하지 못했습니다.

술에 취한 남편은 오구삼살방에 대한 이야기를 빠뜨리지 않았습니다. 육체의 고통 속에서 마신 술은 매우 완벽하게 남편의 이성을 점령했습니다. 내 목에 낫을 들이대고 생명을 위협하기도 했습니다. 남편에 대한 두려움 속에서 하루하루를 보내고 있을 때, 둘째 아이로부터 편지가 도착했습니다.

엄마, 큰형이 많이 아파서 엄마가 잠시 왔다 가면 좋겠어요.

아내가 구급차에 실려 가기 전 나는 장기들의 독립 선언에 이은 전립선의 영토 확장으로 장기 입원해야 했다. 그때도 역시 다섯째 아이가 간병인을 자처했다. 몸은 아팠지만 당시에는 새로운 기대감이 고통의 멱살을 잡고 즐겁게 흔들었다. 하루는 다섯째 아이와 교제 중인 여자 아이가 병실로 찾아왔다. 처음 있는 일이었다. 다섯째 아이는 40살이 될 때까지 이성을 만난 적이 없었다. 솔직히 그전까지는 다섯째 아이가 나의 생식 능력을 물려받지 못해 성기능에 애로사항이 있는 줄 알았다.

다섯째 아이의 여자친구는 아내와 무척 닮았다. 얼굴과 키, 음식 솜씨 모두. 전립선에 좋다고 토마토를 갈아 왔고, 꼬막을 삶아 양념해 내놓았다. 방울토마토도 살짝 삶아 껍

질을 벗겨내 그릇에 담아 놓았는데, 그게 공이 정말 많이 들어가는 일이라고 막내딸이 말했다. 무엇보다 강황 가루와 잡곡을 섞어 만든 온기가 남은 밥은 귀하게 느껴졌다.

"요거슨 있다가 집에 가서 니기 엄마 먹으라고 주면 쓰겄는디."

작고 하얀 얼굴이었다. 아내의 얼굴이었다.

"갸가 임자랑 꼭 탁혔드만. 탁혔어. 째깐헌 것까장."

아내는 다섯째 아이의 여자친구를 무척이나 탐내는 눈치였다.

"제가 살면서 그렇게 맛있는 밥은 처음 받아 봤어요."

입원 기간 몇 차례 더 아내에게 밥과 찬이 전해졌다. 아내가 죽을 때까지 그런 밥을 먹으면 좋겠다고 생각했다.

"아야! 집에 가서 요를 확 들치면 거그 백만 원짜리 수표가 있을 것여. 그것 가져다 내가 고맙다더라 허고 갸 손에 쥐여 줘라!"

백만 원은 3년간 아이들이 준 용돈을 모아 수표로 바꿔 놓은 것이었다. 내가 정성을 들이면 다섯째 아이에게 도움이 될 줄 알았다. 늙은 아내의 밥상이 근사해지길 바랐다. 그러나 그것은 나의 정성이며 아내의 꿈일 뿐이었다.

"서로 나이만 먹어가서 보내 줬어요."

더는 묻지 않았다. 만나야 하는 인연들은 언젠가 어떻게

든 다시 만난다는 말도 있으니까. 행여 다시 만나지 못한다 하더라도, 언젠가는 마주할 수밖에 없는 이별이 인연의 완성이니까. 삶의 끝자락에 서 있는 나와 아내처럼……

☪

　아이들은 서울 온수공단에서 일했습니다. 둘째 아이와 셋째 아이는 가방 공장에, 큰아이는 광주에서와 마찬가지로 안경렌즈 제조 공장에 취직했습니다. 아이들은 공단 인근에 세 들어 살았습니다. 문을 열자 세 칸의 방이 있었습니다. 큰방은 주인 내외가 살았고 나머지 작은 방에 세입자들이 살았습니다. 한 가족이 살아야 할 집에 서로 다른 세 가족이 모여 살아서 그만큼 서로 간의 배려가 필요했습니다. 나는 아이들이 다니는 지하 교회에서 잠자리를 해결했습니다. 자취방에 몸 둘 공간이 없어 목사님께 부탁해 승낙을 얻었습니다. 목사님은 한없이 인자했습니다. 새벽예배는 나의 안부를 확인하는 것으로 시작했습니다. 그래서인지 교인들 또한 외지인을 호의적으로 대해 주었습니다.

　나는 큰아이를 간병하며 자취방과 가까운 역곡역에서 과일을 팔았습니다. 취침을 위해 교회에 도착해 먹는 빵과 우유가 하루분의 식사일 때가 많았습니다. 큰아이의 기침이 계속되자 집주인은 큰아이의 병세에 관심을 보였습니다. 누군가가 공동체 생활에 악영향을 미친다면 그만한 조치를 취하는 것이 집주인의 의무이기도 했습니다.

"오늘도 출근 못 했어요?"

"예, 곧 좋아질 거예요."

"빨리 나아야 할 텐데 걱정이네요. ……혹시 전염되는 병은 아니죠?"

"예? 아니에요, 그런 병은. 의사 선생님도 며칠 쉬면 나을 거라고 했어요."

거짓말은 쉽게 들통났습니다. 화장실을 다녀오다 피를 토했습니다. 각혈을 목격한 주인은 바로 퇴거를 요청했습니다.

"내가 못 봤으면 끝까지 숨기려고 했어요? 다른 가족들 생각해서 빨리 나가 주세요."

큰아이는 폐결핵을 앓고 있었습니다.

"죄송해요. 속이려고 했던 건 아닌데……. 그래도 당분간 집을 구할 때까지만 기다려 주세요."

"오래는 못 기다리니까 그런 줄 아세요."

이사할 곳을 알아봐야 했습니다. 그러나 아이들이 모아 놓은 돈이 없어 셋이 함께 거주할 방을 구하기가 쉽지 않았습니다. 대책 없이 한 달이 갔습니다. 집주인의 독촉도 완강해졌습니다. 설상가상으로 의외의 슬픔이 찾아왔습니다. 그러나 그 의외의 슬픔이, 다시 의외의 해결책을 마련해 주었습니다.

"니가 시방 애들 핑계로 서울 와갖고 뭔 짓거리를 허고 댕기는 것여?"

남편이 어떻게 알았는지 불편한 몸을 이끌고 교회로 찾아왔습니다.

"자매님! 이분은?"

"니가 뭔디 남의 여편네 손을 잡고 지랄이여! 자매님? 자매님? 니기들 둘이 피라도 섞였어?"

"이러지 말고 애들 집에 가서 이야기해요!"

남편이 목사님의 멱살을 잡았습니다.

"아, 부군이시군요. 우리는 예배가 끝나고 집에 가기 전에 인사를……."

남편의 팔을 붙들었지만 남편은 막무가내였습니다.

"야가 왜 니 자매여? 니기들 족보는 개족보라도 된당가?"

"제발 좀, 가서 이야기해요!"

겨우 남편을 달래 아이들의 자취방으로 향했습니다. 큰

아이의 상태를 확인한 후에도 남편은 얼굴에 화를 가득 담고 있었습니다. 자신이 누울 자리가 없음을 확인한 남편은 그대로 서울역으로 향했습니다. 한바탕 폭풍이 지나간 자리에 주저앉았습니다. 남편이 예배당에 있는 기물을 파손해 더는 교회에서 생활할 수 없었습니다. 그래도 그간의 도움에 대한 감사와 사과를 위해 교회로 향했습니다. 기다리고 있는 사람이 있었습니다.

집안에 불운이 닥치면 그것은 온전히 여자의 부덕에서 오는 것이었다. 우리 시대에는 그렇다고 생각했다. 그런데 애매한 경우가 있었다. 고생 끝에 낙이 오는 것이 아니라 고생과 낙이 다정하게 어깨동무를 하고 올 때가 그랬다. 어머니는 그 아이가 아내의 부덕함을 모두 떠안고 갔다고 했다. 아내는 잠시 부덕에서 해방될 수 있었으나, 해방을 강조할수록 부덕의 혐의는 짙어졌다.

"손주가 지 엄마를 대신혔구먼. 효자여, 효자! 지 엄마 업보를 다 갖고 갔어. 인자 우리 집안도 흥허는 일만 남았은 께, 이참에 조상님 잘 모시고 새로 시작혀라!"

그 아이의 죽음으로 받은 보상금은 집안의 가난을 단번에 해결해줄 수 있을 정도로 많았다. 겨울이 가면 봄이 오는 것처럼, 싸늘하기만 했던 나와 아내의 관계에도 꽃이 피길 바랐다.

아내와 가까운 사람들은 입을 맞춘 것처럼 서울에 집을 사라고 했다.

"여기저기 개발이 한창이니까 잘 살펴보고 집을 사놓으면 재산이 몇 배로 늘어날 수도 있어요. 요즘은 사람들이 강남 쪽에 관심이 많더라고요."

"거가 담양허고 뭔 차이가 있까니? 논허고 밭만 허벌나게 많은디. 인자부터 나의 일은 나가 알아서 헐 것인께 지발 좀 그만들 혀요."

나에게 있어 집이란 돈만 많으면 몇 채든 살 수 있는 사치품과 같았다. 게다가 서울에 집을 마련한다고 해도 서울에서 내가 할 수 있는 일은 고작 공사판에 나가 작업반장의 눈치를 살피는 일이었다. 잡부로 사느니 내 땅을 일구는 편이 좋다고 판단했다. 이는 아내를 위한 선택이기도 했다.

보상금으로 논과 밭을 샀다. 그러나 몇 년 정도 흉년이 들자 어머니는 다시 아내의 부덕을 노래했다. 때때로 가져야 할 책임감도 몇 배는 더 무거워졌다. 나는 아내 지인들의 반대에도 불구하고 고향에 땅을 샀다. 그들의 질타 어린 시선을 피하기 위해서라도 단번에 상황을 역전시킬 수 있는 한탕이 필요했다.

"자네는 땅이 있잖은가? 빌려서 치고 따서 갚으면 되제!"

하지만 나는 한순간 친구를 잘못 사귄 탓에 전답을 전부 날리고 말았다. 돈을 잃어 갈수록 판돈은 점점 커져 갔다. 최후에는 마당 귀퉁이에 있는 변소까지 날렸다.

아내는 이 일로 잠시 미친 여자처럼 살았다. 정신을 차린 후부터는 아이들의 교육을 핑계로 타지로 행상을 나갔다. 그러나 나갔다 하면 함흥차사가 따로 없었다. 남편을 내팽개치고 집을 오래 비우는 여자는 특별한 이유가 있을지도 모른다고 생각했다. 물건보다 웃음을 먼저 팔아야 하는 것이 장사의 속성이었다. 그러다 마음에 드는 사내놈을 만나기라도 하면 뻔한 일일연속극이 예상됐다. 그런 게 세상이고 인생이라고 생각했다. 어머니의 손을 잡았던 부잣집 사내놈들처럼. 물론 아내는 어머니와 분명하게 다른 점 하나가 있었다. 어머니는 과부였지만, 내 눈에는 흙이 들어가지 않았다. 살아 있는 나는 행여 닥칠지 모르는 미래의 불행에 미리 대처해야 할 의무가 있었다. 그래서 또 다른 한탕을 실행에 옮기기도 했다.

"오실 줄 알았어요. 제가 자매님 사정은 처음부터 들어서 알고는 있었어요. 그런데 이 정도일 줄은 몰랐네요."

"부끄럽네요. 미안해서 고개를 못 들겠어요."

그녀가 봉투를 내밀었습니다.

"월세 보증금으로 보태세요. 저도 넉넉한 형편은 아니어서 그냥 드리지는 못하고 여유 있을 때 천천히 돌려주세요. 오늘 남편분을 보고 같은 여자로서 자매님이 얼마나 힘드셨을까 생각했어요. 그래서 부족하나마 제가 가지고 있는 걸 나누고 싶네요."

불행이 행운으로 돌아온 순간이었습니다. 봉투에는 30만 원이 들어 있었습니다. 아이들의 한 달 월급이 6,7만 원 정도 할 때라 결코 적은 돈이 아니었습니다. 온수공단과 가까운 온수동에 세 아이와 함께할 지하 단칸방을 얻었습니다. 주인 내외는 선한 사람들이었습니다. 가끔씩 자신들이 먹는 음식을 나누기도 했습니다. 아직 학교에 가지 않은 아들이 있었는데 이름이 승기였습니다. 그래서 동네 사람들은 그 집을 승기네라 불렀습니다.

큰아이가 건강을 회복해 다시 일터로 나갔습니다. 둘째 아이와 셋째 아이는 야근으로 바쁜 나날을 보냈습니다. 집에 돌아오면 매일 밤 고향에 있는 동생들을 걱정하며 잠을 청했습니다. 나 역시도 어린 아이들을 술에 의지해 살아가는 남편에게 남겨둘 수 없어 밤을 뒤척였습니다. 그러나 하행을 결심할 때마다 엄마를 걱정해 막아 세우는 큰아이로 인해 서울에서의 생활이 길어졌습니다. 아니 사실은, 남편에 대한 두려움이 발걸음을 붙잡았습니다. 넷째 아이가 남편의 위독함을 알리는 편지를 보내오기 전까지는…….

방문을 열었습니다. 아침 햇살처럼 아이들이 우르르 뛰어와 목에 매달렸습니다. 남편은 누워서 천장만을 바라보고 있었습니다. 아이들에게 반가운 마음을 표현하기도 전에 막막함이 밀려왔습니다. 남편은 몸을 전혀 움직이지 못해 고개만 돌려 내 얼굴을 쳐다보았습니다. 마르고 생기 없는 얼굴 위로 다섯째 아이의 흥분한 목소리가 쌓였습니다.

"단체 율동에 보자기가 필요혔는디, 나만 없어갖고 챙피혔당께."

다섯째 아이의 운동회가 있는 날이었습니다. 나는 남편의 병세를 살핀 후 다섯째 아이에게 필요한 도구를 만들었습니다. 다섯째 아이는 이렇게 저렇게 보자기를 만들어야 한다고 들떠서 설명했습니다.

"엄마! 근디 운동횐지 어찌 알고 왔당가요? 엄마랑 형들 지다릴라고 학교 파허면 맨날 동생들허고 신작로에 있었는디."

아무 대답도 할 수 없었습니다.

"오늘 운동회에는 오실 수 있지라?"

고개를 끄덕였습니다. 다섯째 아이는 엄마가 자신의 운동회 때문에 돌아왔다고 생각했는지 다른 때보다 더 즐거워하며 학교로 향했습니다.

12

"여가 오구삼살방이여! 오구삼살방으로 이사 혀서 니가 남편을 요롷게 맹근 것여!"

오구삼살방은 집터 중에서도 사람에게 가장 좋지 않은 장소를 뜻했습니다. 남편과 시어머니는 같은 원망을 반복했습니다.

"니 친척집에 가서 돈을 빌려서라도 이사혀!"

나의 수고는 오구삼살방에 갇혀 채권자에게 빚을 갚는 일이 되었습니다. 남편이 전혀 움직이지 못해 용변을 볼 때마다 대야를 받쳐 주어야 했습니다. 병원에 입원시킬 돈이 없어 병수발로 하루를 시작하고, 병수발로 내일을 걱정해야 했습니다. 나는 아내라는 부속품이었습니다.

사랑할 수 없는 대상에 대한 노력은 쉬이 자책감으로 돌아왔습니다.

"나가 낫기만 허면 당장에 이 집을 팔아 버릴 것여."

병세가 호전됐다 싶으면 남편의 목소리는 크고 단단해졌습니다. 두려웠습니다. 다시 시작될 남편과의 전쟁이. 어린 아이들이 구석에서 서로를 부둥켜안고 우는 지옥 같은 밤이. 나를 해치는 사람에 대한 헌신은, 오히려 그를 죽이고 싶다고 고백하는 욕망의 알몸을 드러내게 했습니다.

모두가 잠든 밤, 한 여자가 촛불을 켜고 부엌 귀퉁이에 앉아 있습니다. 그녀는 한참 동안 칼을 쥐고 생각에 잠겼습니다. 간간히 흘러나오는 흐느낌이 한 방울씩 밤의 고요 위에 떨어졌습니다. 어둠에 파문이 그려졌습니다. 그녀가 일어서자 파문의 끝자락이 그녀의 눈가를 어루만지던 불빛을 꺼뜨렸습니다. 그녀는 무엇인가를 결심한 듯이 단호한 표정으로 방문을 열었습니다. 살의는 어둠보다 차갑고 날카로웠습니다. 누군가를 죽이지 않으면 자신을 죽여야 했던…… 한 여자가 있었습니다. 그녀가 앓았던 열병이 몸속에서 수많은 촛농으로 흘러내렸습니다. 깊고 깊은 우물처럼 울렁이고 있었습니다. 눈물에, 지나온 과거와 오지 않은 미래가 불꽃 속의 불로 뒤섞였습니다. 칼을 쥐고, 그를 죽여야만 모두가 살 수 있다고 결의를 되새기면서 그녀는 그의 심장에, 칼날을 꽂았습니다. 그 어떠한 비명과 피 흘

림도 요구하지 않는 칼의 떨림으로. 그러나 칼날을 깊이 넣을수록 고통은 그의 것이 아닌 그녀의 것이었습니다. 그녀의 눈가에 피가 고였습니다. 주르륵 흘러내린 피가 맑고 맑은 그녀의 마음속으로 번져 갔습니다. 그녀는 더럽혀졌습니다. 사랑을 말하기 위해 사랑을 촛불로 태우는 여자가 있었습니다. 자신을 살해할 수 있는 비명은 침묵으로만 아름다워졌습니다. 남편을 남이라고 생각했습니다. 남이어야만 그를 위한 수고가 그녀의 죽음으로 돌아와도 괜찮을 거라고 웃었습니다. 그때부터 남편이라 생각하면 불가능했지만, 남이라고 생각하면 가능한 용서들이 시작됐습니다.

큰아이의 병을 핑계로 다시 서울로 가는 편을 선택했습니다. 어린 아이들에게도 그편이 낫겠다고 마음속에 변명을 쌓아 올렸습니다.

의외로 남편은 쉽게 동의했습니다.

"그렇게 혀. 아픈 놈부터 챙겨야제."

큰아이의 상태를 남편도 알고 있었기 때문입니다. 그때는, 그렇게 생각했습니다. 그러나 머지않아 남편의 의중이 다른 곳에 있음을 알 수 있었습니다.

"엄마! 지금 가면 또 언제나 온당가? 설날? 설날에는 꼭 와야 혀!"

일곱째 아이를 업은 넷째 아이, 엄마 손을 잡은 다섯째 아이와 여섯째 아이가 신작로까지 배웅했습니다.

"형들이랑 돈 많이 벌어서 서울로 데려갈 거야. 그때까지 건강하게 있어야 해. 공부 열심히 하고. 알았지?"

"예. ……근디 명절 땐 꼭 와야 혀요!"

버스가 도착했습니다. 엄마를 부르는 막내딸의 눈가에 눈물이 주렁주렁 맺혔습니다. 버스를 탔습니다. 아이들이 손을 흔들었습니다. 폭풍우 속에서 어린 나무들이 위태롭게 흔들리고 있었습니다. 서울에 도착할 때까지 멀미가 멈추지 않았습니다.

둥근달이 밝은 밤이었다. 나는 달밤의 숨죽인 한탕을 위해 삽과 가마니를 들고 무덤가로 향했다.

"한 구당 20만 원 쳐줄 것여. 김 씨가 안 도와주면 도와줄 사람이 없은께, 꼭 좀 혀줘. 논이랑 밭도 노름빚으로 다 날렸담서? 새깽이들 생각혀서라도 자네가 허면 쓰겄는디."

그가 두툼한 봉투를 내밀었다. 순간 돈에 환장한 놈처럼 입속에서 침이 돌았다. 평소의 나와 어울리지 않게 돈을 받고 기뻐하는 아내의 얼굴도 잠시 스쳐 지나갔다.

"두 구면 40만 원이지라. ……글면 선금으로 다 주실라요? 쉬운 일도 아니잖소."

당시만 하더라도 40만 원은 때때로가 아닌 매 순간, 수개월을 일해야 겨우 만질 수 있는 돈이었다.

"자네가 글지 알고 가져왔제. 잘 부탁혀. 한 달 안에 되겠는가?"

그가 두툼한 봉투 위에, 역시 두툼한 봉투 하나를 더 올렸다. 고여 있던 침이 목구멍 속으로 꿀꺽 넘어갔다.

"뭐, 맘만 묵으면 한 달이 문제겠소!"

묵직한 봉투가 가슴을 든든하게 했다. 왠지 모르게 자신감이 넘쳤다. 그러나 아내에게 봉투째로 바칠 수는 없었다. 나에 대한 아내의 불신 역시 두툼했기 때문이다. 돈의 출처를 궁금해할 것이 뻔했다. 그래서 때때로는 매 순간을 가장했다. 아내에게는 푼돈을 쥐여 주었다. 아내는 적은 돈에도 다이아몬드를 선물 받은 사람처럼 기뻐했다. 그렇게 삼일째가 되니 아내는 감격에 젖어 자식 대신 나를 업고 행상을 다닐 태세였다. 그런데 문제는 참새가 방앗간을 쉽게 지나치지 못한다는 점에 있었다. 나 역시도 돈을 쥐고 술집을 그냥 지나칠 수 없었다. 술을 마시면 또다시 손끝이 간질간질했다. 아내의 기쁨은 일주일을 넘기지 못했다. 그러는 사이 약속했던 날이 가까이 왔다.

"송장을 가루로 맹글어서 먹으면 문둥병이 낫는다고 찾는 사람이 많당께. 자네밖에 혀줄 사람이 없어. 뼈다구만 주워 오면 안 되는 건 알제? 꼭 기일 내에 처리혀 주소."

"아따메! 나가 약속 하나는 칼 같은 사람인께 쪼까 지다려 불면 좋은 소식이 없겄소?"

날짜가 다가올수록 의뢰인의 재촉이 심해졌다.

무덤을 파헤쳐 송장을 훔치는 일. 그것은 인륜을 저버리는 일이자 감옥에 가야 하는 중범죄였다. 그러나 받은 돈을 전부 탕진한 상태여서 다른 방법이 없었다.

삽으로 무덤을 파헤쳤다. 땅을 훔칠 때마다 둥근달이 한심한 표정을 지으며 어슬렁거렸다. 죄책감과 두려움이 몸을 쉬지 않고 움직이게 했다. 아무도 없는 고요 속에서 나를 방해하는 것은 나 자신뿐이었다. 올빼미가 아기 울음소리로 울어대면 머리끝이 쭈뼛쭈뼛 솟아 몸이 얼음처럼 굳었다. 들짐승의 바스락거리는 소리에도 몸이 땅 위에 꺼질 정도로 밀착시켰다. 자리를 빨리 떠나야 한다는 강렬한 난처함이 그나마 관 뚜껑을 보게 했다. 뚜껑을 열자 시체 썩는 냄새가 몰려와 정신을 후려쳤다. 잠시 달에 이끼가 꼈다가 사라졌다. 송장의 안녕을 확인하기 위해 성냥을 그었다. 머리부터 발끝까지를 더듬거렸다. 그런데 ……어느 순간, 울컥 눈물이 올라왔다. 나는 그대로 관 뚜껑을 닫았다. 다시 흙으로 관을 덮어 주었다. 어떤 고통이 송장을 어루만지고 있었다. 속도를 잃은 몸은 조심스럽게 원래 모습보다 단정한 무덤을 만들고 있었다. 고통이 죄책감과 두려움을 밀어냈다. 무덤 곁에 앉아 담배를 태웠다. 둥근달은 여전히 한심한 표정으로 팔짱을 끼고 있었다. 가까이 있었다면 따귀라도 한 대 쳐올리고 싶었다. 올빼미가 날아간 자리에 헛웃음이 앉았다. 의뢰인이 채권자로 바뀌었다. 내가 습관처럼 앓아눕자, 아내는 이곳저곳에서 빌려지지 않는 돈을 빌리러 다녔다.

큰아이 내외가 병원에 찾아오면 꼭 사포가 달린 이상한 도구를 가져와서 발바닥의 굳은살을 제거해 줬다.

"이제 왼발요!"

나는 편하게 병상에 누워 큰아이의 무릎에 이 발을 올렸다가 저 발을 올렸다만 하면 됐다.

"여보, 대야에 물 좀 받아 줘."

"발은 안 씻어도 된당께. 신발을 벗고 댕긴디 뭐허러 씻냐?"

"가만 좀 있어 보쇼. 아버지가 평소에 안 씻으니까 내가 씻기는 것 아니요. 이렇게라도 한 번씩 씻어야 건강하게 오래 살지.”

“글면 힘든께 후딱 끝내 부러라잉!”

“발톱에 때 낀 거 봐. 다음에 올 땐 손톱깎이도 가져와
야겠네.”

무덤은 삶에 괄호를 닫는 일이었다. 그날 나는 이끼 낀
달빛 아래서 왼발이 없는 송장을 만났다.

☪

함께 병실을 쓰던 환우가 퇴원을 준비하고 있었습니다.
노인 병동은 삶보다 죽음이 가까운 생의 마지막 정거장 같
은 곳이지만 농담처럼 다시 살고 싶고, 농담처럼 곁에 있
는 사람들이 소중해지는 공간이었습니다. 서로가 서로에게
건강하라는 말을 전해 주고 배웅하고 또 떠나갔습니다. 그
러나 우리는 서로가 서로에게 전하는 인사가 내일을 기약
할 수 없는 덕담이라는 것을 누구보다 잘 알고 있었습니다.

“할머니 이제 건강해져서 병원 같은 곳은 오지 마셔!”

“병원 안 오면 천당 가라고?”

“오고 싶으면 또 오세요. 그래야 나 같은 간병인들도 좋

지!"

병상 하나가 비워지는 순간 곧 그 자리에 누울 누군가가 궁금해졌습니다.

"엄마, 약 드셔야지!"

다섯째 아이가 손바닥에 쏟아 놓은 많은 알약들을 보면 한숨이 먼저 나왔습니다.

"언제 퇴원해도 되는지 의사 선생님께 물어봐!"

"그냥 편하게 쉰다고 생각하고 있어. 물어보면 빨리 퇴원하고 싶다는 뜻 같잖아요. 때 되면 알아서 가라고 할 테니까 엄마는 그냥 푹 쉰다고 생각해. 알았지?"

"입원한 지 벌써 2주나 됐어. 나도 환자지만 나보다 아픈 사람들 보는 게 더 힘들다."

"알았어. 물어볼 테니까 우선 약이나 드셔."

약을 입에 털어 넣고 물을 마셨습니다. 고개를 들고 약이 잘 넘어가라고 고개를 흔들었습니다. 다섯째 아이가 웃었습니다.

"엄마. 엄마가 무슨 새야? 새가 모이 먹듯이 약을 드셔?"

다섯째 아이는 장난으로 말했지만, 나는 심각했습니다.

"얘! 내가 이렇게 먹고 싶어서 먹는 줄 알아? 몇 년 전부터 이렇게 하지 않으면 물도 안 넘어가. 차라리 진짜 새라면 좋겠다. 훨훨 날아가 버리게. 잘 알지도 못하면서……."

"……음? 그럼 그것도 치료하고 퇴원하자!"

나의 갑작스런 반응에 다섯째 아이가 간호사를 찾아갔습니다. 그리고 내가 치료해야 할 항목 하나가 더 늘었습니다. 나이가 들면 모든 기능이 저하돼 다 나와 같은 줄 알았는데, 훈련하면 어느 정도는 회복시킬 수 있는 질환이라고 했습니다. 나는 아이처럼 고개를 들지 않고 삼키는 법을 배웠습니다.

"할머니 턱 당기시고, 꿀―꺽!"

다섯째 아이가 장난기 가득한 얼굴로 바라보았습니다.

"그래도 나는 엄마가 새처럼 약 먹을 때가 더 귀여웠어."

"예! 참 잘하셨어요."

아내는 교회에 다니기 시작하면서 어머니가 가진 믿음을 전혀 따르지 않았다. 온갖 신을 다 믿는 어머니는 아내를 집안에 액운을 들이는 불운의 화신으로 간주했다. 반면 아내는 자신에게 주어진 여러 불행한 사고들을 나와 어머니의 잘못된 믿음 때문이라고 여겼다. 사실 나는 이래도 저래도 그만인 사람이었다. 먹기 위해 빌었지 믿기 위해 빌지 않았다.

"나가 그런 여편네를 뒀으면 진즉에 다리몽둥이를 똑 뿐질러 불제."

술자리에서 아내에 대해 하소연하면 돌아오는 친구들의 대답은 늘 같았다.

"주소도 안 갈켜 준 거여? 그라면 어디 가서 서방질허는 것이 분명혀!"

행상에서 돌아와서도 남편보다 자식들을 먼저 챙겼다. 이런 아내의 모습은 나로 하여금 어머니의 생각에 동의하게 했다.

"글시 교회 댕기는 사람들이 더한당께. 형제님! 자매님! 요럼시롱 뒤로는 못된 짓은 다 혀."

그래서 한번은 아픈 몸을 이끌고 아내를 찾아 나선 적도 있었다. 내 눈으로 직접 아내의 부정을 확인하고 싶었다. 주소를 알려 주지 않아 넷째 아이에게 온 오빠들의 편지에서 거처를 알아냈다. 사람들에게 물어물어 자식들의 숙소를 찾아가고 있었다. 그런데 친구들이 술판에서 들려줬던 이야기가 실제로 내 눈앞에서 펼쳐졌다. 참을 수가 없었다.

교회 앞에서 남자들과 시시덕거리는 한 여자를 발견했

다. 심장이 벌렁거렸다. 아내였다. 나는 바로 달려가서 아내의 서방질에 온 힘을 다해 저항했다.

"니가 시방 애들 핑계로 서울 와갖고 뭔 짓거리를 허고 댕기는 것여?"

화가 나니 앓고 있던 허리 통증이 전혀 느껴지지 않았다.

"자매님! 이분은?"

자매님이라는 말에서 친구들이 이야기한 뒤로 하는 못된 짓이 떠올랐다.

"니가 뭔디 남의 여편네 손을 잡고 지랄이여! 자매님? 자매님? 니기들 둘이 피라도 섞였어?"

"이러지 말고 애들 집에 가서 이야기해요!"

"아, 부군이시군요. 우리는 예배가 끝나고 집에 가기 전에 인사를……."

어머니의 손을 잡았던 그놈의 얼굴도 떠올랐다.

"야가 왜 니 자매여? 니기들 족보는 개족보라도 된당가?"

"제발 좀, 가서 이야기해요!"

아내와 함께 자식들의 숙소에 갔다. 아내가 당시 상황을 해명했지만 귀에 들리지 않았다. 병든 남편을 팽개치고 사내들과 웃음을 나누던 아내의 모습이 자꾸 떠올랐다. 큰아이가 폐결핵을 앓고 있지 않았다면 나는 아내의 손목을 붙잡고 바로 담양으로 향했을 것이다. 집으로 돌아와 바로 앓아누웠다. 아내의 서방질에 대한 저항으로 얻은 열매는 악성 허리디스크였다. 그때는 그렇게 죽을 줄만 알았다. 어머니는 나를 대신해 아내가 집으로 돌아올 때까지 오살할 년이라는 욕을 허공에 해댔다.

시
편
23
편
,

13

간은 사실 매우 극단적인 짐승이다. 어떤 특별한 순간까지, 그러니까 자신의 처지가 최악의 비극에 도착하기 전까지는 과묵함을 가장 근사한 신념으로 삼기 때문이다. 그래서 사람들은 녀석을 침묵의 장기라고도 한다. 나의 간은 매일 술을 원했다. 태생은 수다와 가까이 있었으나 말하지 않는 삶이 간의 야생이었기 때문이다. 술에 취해 꺼낸 말들은 진담이기보다 농담일 수 있었다.

"취하면 뭔 말을 못 한단가?"

우리 세대는 이런 말 한 마디면 진담조차 농담으로 넘길 수 있었다. 깽판을 부려도 술이 원수였지 사람이 원수가 되는 일은 없었다. 그래서 술에 취하면 농담처럼 살 수 있었다. 술이 없으면, 아니 농담이 없으면 하루하루가 퍽퍽했다. 어머니 역시 술에 취해 하루하루를 보냈다. 어머니의 간도 농담이 필요했으니까. 어머니와 내가 함께 취하면 농담은 만담이 됐다. 그런 때는 아내가 생쥐처럼 쥐구멍을 찾는 편이 나았다.

"왜 저런 조상님도 모르는 년이랑 결혼혀서 니가 요로코롬 힘들게……."

"근께요! 나가 미쳤지 저런 년이랑 결혼혀서…… 야! 술상 보라고 헌 지가 언제여? 씨벌헐……."

나는 어머니와 닮은 사람이었다. 그러나 문득문득 내 자식에게서 내 모습을 볼 때면 후회가 생겨나기도 했다. 내가 보는 앞에서 다섯째 아이가 살림을 집어 던질 때는 저 모습이 나였다고 후회하기도 했다.

"아버지 앞에서 지금 뭔 짓거리여! 어?"

그러나 이런 호통은 내가 가질 수 없는 것이었다. 그러고 보면 나는 나의 모습을 바로 보여줄 거울이 없었다. 살림을 부수던 다섯째 아이가 만약 큰아이로 태어나 내 젊은 날을 상기시켜 주었다면 술이 원수가 아니라 내 자신이 원수임을 알았을까?

간이 비극을 벗어나기 위해 소금을 거부하면 신장이 먼저 우울해졌다. 그래서 내 살아온 삶이 비극을 향해 가는 간이었다면, 아내는 간의 횡포에 이러지도 저러지도 못하는 신장이었을지도 모른다.

"저게 나구나!"

탄식을 내뱉는 순간, 간은 침묵의 끝에 도착해 있었다. 간경화, 간암처럼. 자식들의 위기 앞에서 살아온 날을 후회했을 때 나는 이미 노인이었고, 아무것도 할 수 없는 불구였다.

☪

"……저 왔어라."

새 학기가 시작된 지 얼마 지나지 않아 넷째 아이가 승기네로 찾아왔습니다.

"학교는 어떻게?"

책가방을 메고 서 있는 넷째 아이에게 반가움보다 걱정을 먼저 표현했습니다.

"돈이 없는디 학교에 댕길 수가 있었어요?"

넷째 아이는 오빠들에 비해 자신이 처한 상황에 예민했습니다. 같은 여자였지만, 세대가 다른 사춘기 소녀가 앓아야 할 마음의 고충은 내 손이 닿을 수 없는 깊이에 있었습니다. 넷째 아이를 전학시켜야 했지만 뾰족한 수가 없었습니다. 좁은 방 한 칸에서 다섯 명이 함께 잘 수 없어 이사를 먼저 걱정했습니다. 넷째 아이의 학업을 미루는 것 외에 마땅한 대안이 없었습니다. 결국은 겉돌기 시작하더니 오빠들이 받은 월급을 훔쳐 가출했습니다.

중학교에 다니지 않는 아이. 넷째 아이에 대한 주변의 편견은 작지 않았습니다. 또래 아이들과 함께 가출하면 엄마들이 찾아와 모든 잘못을 넷째 아이에게서 찾았습니다.

"어떻게 딸을 깡패로 키워서 학교에 잘 다니고 있는 성실한 우리 애를 망쳐 놔요!"

"우리 아이 깡패 아닙니다. 집안 상황이 좋지 않아서 잠시 방황하……."

"지금 그걸 변명이라고 하시는 거예요. 다시는 우리 애와 어울리지 않게 해주세요!"

넷째 아이가 돌아오면 오빠들은 월급날을 걱정했습니다.

"돈은 다시 벌면 되지만, 사람은 잃으면 되찾기 어려운 법이다. 돈보다 동생을 더 소중하게 생각해야지. 나는 니들 동생이 돈을 갖고 가출해야 더 안심이 돼!"

오빠들을 혼냈지만 그것은 나의 무능에 대한 자책감의 표현이기도 했습니다.

"……무슨?"

가출에서 돌아온 넷째 아이가 돈이 든 봉투를 내밀었습

니다.

"훔친 거 아녀. 식당에서 일해 번 돈."

눈가에 눈물이 그렁그렁 맺혀 있었습니다.

"시골에서는 돈이 없은께 학교를 못 댕겼는디, 지금은 돈이 있음서도 왜 학교에 안 보내 준당가?"

나는 아무 대답도 할 수 없었습니다.

"나가 학교를 못 댕긴께 사람들이 엄마한테 나쁜 년이라고 욕혀. 나가 왜 그런 말까장 들어야 혀?"

식당에서 함께 일했던 어른들이 엄마를 욕했다고 했습니다.

"네 엄마 나쁜 년 맞아! 열다섯 살밖에 안 된 딸을 어떻게 식당에 보낸다니?"

"글면 아줌마는 나이 먹고 아직까장 식당에서 일헌께 아줌마 엄마는 더 더 나쁜 년인갑네?"

"어린 년이 어디서 어른에게 싸가지 없이…… 나쁜 년 딸이라서 어른한테 대들기도 잘하는구나!"

"뭐요? 잘 알지도 못허면서, 우리 엄마 욕하는 니가 더 나쁜 년이여!"

넷째 아이는 초등학교를 다니며 합창단 단원으로 활동했습니다. 음악에 재능이 있었는지 단원 중에서 유일하게 모든 종류의 피리를 불었습니다.

"이 피리는 왜 이리 작고, 이 피리는 왜 이렇게 크니?"

"쬐깐한 것은 소프라노 피리고요, 큰 것은 알토 피린디, 합창단에서 나만 여러 가지 피리를 다 분당께요!"

넷째 아이는 학업 성적도 우수했습니다. 애초에 음악에 재능이 없고 공부를 잘하지 못했다면 포기가 쉬웠을지도 모릅니다. 그러나 넷째 아이는 늘 꿈꾸고 있었고, 그 꿈이 삶의 궁핍으로 인해 좌초됐을 때 길을 잃었습니다. 가족 구성원 대부분이 사내 아이라서 열다섯 살 사춘기 소녀는 혼자서 외롭게 자신이 도착해야 할 미래에 등대를 세워야 했습니다. 나는 알면서도 넷째 아이에게 아무것도 해 줄 수 없었습니다. 설명할 수 없기에 이해되지 않는 것들이 있고, 이해되지 않기에 갈등이 자라나는 것이겠지요. 하지만 대답할 수 없었던 것들에 사랑이 담긴다면, 그 대답은 지금이 아닌 내일 오는 것인지도 모르겠습니다. 그날 넷째 아이는 자신이 세운 등대에 도착해 있었습니다.

"인자부터는 혼자라도 공부혀서 엄마 나쁜 사람 안 만들라고……."

"확 가 부러! 가 부러야 헌당께!"

신입 달팽이가 복도를 향해 걷고 있다. 딸의 부축을 받으며 조심조심 문을 향해 전진한다.

"안 멈추고 확 가 부러야 쓴다고!"

갓 달팽이를 시작하는 사람에게는 두려움이 있다. 넘어짐에 대한 두려움이 그것이다. 넘어질 때 신체 어딘가가 깨질 수 있다는 공포는 사람을 연체동물처럼 걷게 한다. 느릿느릿, 엉금엉금. 신입 달팽이들은 이 같은 공포를 넘어서야만 겨우 남아 있는 생을 붙잡을 수 있다.

"아버님 너무 재밌는 분이세요."

온전한 반신불수가 될 수 있다는 뜻이다.

"나가 다 경험해 봤잖소. 확 가 부러야 다리가 빨리 움직인당께요."

나도 그런 때가 있었다. 한 걸음, 한 걸음이 두려움이었을 때가.

이곳에서의 유일한 낙은 참견이다. 대체로 여기에 온 사람들은 나와 비교해 건강 상태가 좋지 않았다. 아내의 심장에 문제가 없었다면 나는 집에서도 충분히 자생할 수 있는 사람이었다. 그래서 최후의 선택지로 입양을 결정하는 노인들과 나의 입장은 달랐다. 전 요양병원에서도 나는 방장이었다. 참견이 선물한 눈에 보이지 않는 견장 같은 것이었다. 물론 방장이라고 해서 특별한 권한이 있는 건 아니었다. 큰소리를 좀 칠 수 있었다는 것인데, 싸움이나 다툼은 없었다. 양부로 살아가는 노인 대부분은 몸과 정신이 온전하지 않았다. 그래서 나의 큰 목소리에 반응할 기운조차 없었다. 나의 참견은 간혹 처음 방문한 보호자들에게 애틋한 손을 내밀었다.

"거그 아버지가 잠 잘 때 좀 앓는 소리를 허더만. 간호사에게 야그혀 봐요!"

"그래요? 고맙습니다!"

나는 참견을 위해 병실 간병인과 매우 우호적인 관계를 유지했다. 간병인이란 양자를 대리하는 직업으로 이중고에 시달렸다. 하루 종일 환자에게 불려 다니고 보호자들이 효가 부족하다고 하면 백의의 간수장들에게 한 소리를 듣기도 했다. 그래서 가끔 자식들에게 받은 용돈을 조금씩 간병인에게, 어떠한 사심도 없이 찔러주었다.

"참말로 타지에서 고생이 많소. 요것은 얼마 안 되긴 헌디……."

"……이러시면!"

간병인의 수고에 대한 순수한 격려였지만, 이런 절차를 밟은 후에 나의 참견은 힘을 발휘했다.

"아따, 아까는 확 가 부렀은께, 인자는 확 와 부러야제!"

넷째 아이가 온 지 한 달이 지나고 남편이 고향에 남아 있던 아이 셋을 모두 데려왔습니다. 늘 동생들을 그리워했지만, 좁은 단칸방에 들이닥친 동생들을 본 형들은 막막한 표정을 지었습니다. 단칸방에 아홉 명이 따닥따닥 붙어서 잠을 잤습니다.

승기네는 남편이 오기 전까지만 해도 다른 세입자가 나가면 그 방도 월세를 내주겠다고 할 정도로 우리 가족에게 호감을 보였습니다. 그런데, 남편이 오고 나서부터 태도가 바뀌었습니다. 남편은 서울에 와서도 고향에서와 다르지 않은 생활을 이어갔습니다. 폭음을 즐겼고, 술에 취하면 여지없이 집 안은 난장판이 됐습니다. 하루를 멀다 하고 반복되는 소동에 승기네도 힘들어했습니다. 무엇보다 어린 승기의 교육에 좋지 않다고 판단해 여러 번 남편에게 경

고했습니다. 그러나 남편은 일방적이었습니다. 하루는 계속되는 소란에 승기네가 참다못해 방문을 열었습니다. 그 순간 승기네는 남편의 학대로 의식을 잃어버린 한 여자를 만났습니다.

이사를 부탁했습니다.

"아줌마 사정은 잘 알고 안타까워요. 하지만 이제 아줌마 남편만 보면 깜짝깜짝 놀라고 심장이 뛰어서 아줌마보다 내가 먼저 죽을 것 같아요. 승기 교육 문제도 있으니, 힘드시겠지만 다른 집을 찾아 주세요."

충분히 이해할 수 있었지만 막막했습니다. 주변을 다 둘러봐도 한 칸짜리 방에 아홉이라는 대식구를 받아줄 집주인은 없었습니다. 남편에 대한 악소문도 영향을 미쳤습니다. 승기네는 하루라도 빨리 내보내고 싶었는지 자신이 직접 월세로 나온 방을 찾아 소개했습니다. 지붕을 온통 천막으로 두른 온수동 산 11번지였습니다. 당시 넷째 아이는 중학교 2학년 과정을, 다섯째 아이는 초등학교 5학년 과정에 들어가야 했습니다. 아홉 식구가 함께 서울살이를 이어가기 위해서는 누군가가 학업을 중단해야 했습니다.

"너희들도 힘들겠지만 동생 먼저 검정고시 학원이라도 보냈으면 좋겠다. 학교에 보낼 사정은 안 되고."

"공부할 마음은 있대요?"

"이야기해 보니, 공부하고 싶은데 그게 안 되니까 가출로 마음을 표현한 거더라. 힘들더라도 여동생 중학교 졸업장부터 해결해 주면 어떻겠니?"

"저희들은 괜찮아요. 오빠들이 셋이나 되는데 동생 검정고시 학원 하나 못 보내겠어요."

넷째 아이는 새로운 꿈을 품고 1년간 공부해 중학교 검정고시 과정을 통과했습니다. 하지만 고등학교에 진학할 형편이 안 돼 장난감 만드는 공장에 취직했습니다. 몇 년간 주경야독으로 고등학교 검정고시 과정을 마쳤습니다. 넷째 아이는 더 높은 꿈을 꾸기 위해 대학교에 진학하길 원했습니다. 그러나 다시 한 번 찾아 온 집안의 위기는 넷째 아이의 꿈을 막아섰습니다. 남편에게 뇌졸중 진단이 내려졌습니다. 그 순간 넷째 아이의 꿈도 저 멀리 달아나고 말았습니다. 그러나 더는 절망하지 않았습니다. 넷째 아이는 공장을 그만두고 정신지체 아동들을 돌보는 특수학교로 이직했습니다. 자신의 진로를 포기함으로써, 아직 어린 동생들에게 자신이 살고 싶었던 꿈을 옮겨 주고자 했습니다. 다섯째 아이가 고등학생이었고, 여섯째 아이가 중학생이었으며, 막내딸이 초등학생일 때였습니다.

14

고향에 가고 싶다. 그곳에 친구들이 있는 것은
아니다. 나는 10년 전부터 아내가 아프기 전까지 1년에 한
번씩은 고향에 다녀왔다. 손자들과 며느리들이 동행하면
차량 3대 정도가 움직여야 했다. 제법 근사한 차를 타고 시
골 골목에 들어서면 마을 주민들의 눈길이 여기저기서 넘
쳐났다. 고무신을 신은 어린 자식들을 앞세우고 고향을 떠
날 당시만 해도 마을 사람들의 눈초리는 나의 불행을 점치
고 있었다. 그러나 그들은 몰랐을 것이다. 훗날 내가 이렇
게 많은 대가족을 이끌고 되돌아올 줄을.

접이식 휠체어를 펼치고 건장한 자식 놈이 나를 부축해
휠체어에 앉히면 마을 주민들의 눈빛에는 반가움보다 부러
움이 가득했다. 그때는 밥을 먹지 않아도 배가 불렀다. 젊
은 시절의 이웃들은 나에게 좋은 말과 술 한 잔으로 노동

의 대가를 지불했다. 그래도 나는 최선을 다해 일했다. 왜 그랬을까? 돌이켜 보면, 그것은, 어머니에게 배운 비는 자세가 몸에 익어서였을 것이다. 비는 사람은 모든 사람에게 친절해야 했다. 그래야만 배가 부를 수 있다는 걸 나는 어릴 때부터 체득했다.

"아따, 누구신가 혔네. 어르신 참말로 오랜만이구먼요. 얼굴이 참 좋아 보이요. 자식들이 서울서 다 성공혔담서요."

내가 고향에 가고 싶은 이유는 고향이 그리웠고, 또 이런 말들이 듣고 싶어서이기도 했다. 사실 한 사람이 최종적으로 성공했느냐 그렇지 않느냐는 그 사람이 무엇이 되었느냐에 있지 않다. 왜냐하면 한 시대를 호령하는 사람이나 날품팔이로 별 볼 일 없는 삶을 살아가는 사람이나 늙는 건 마찬가지기 때문이다. 최종적인 판단은 노후가 결정한다. 늙어 보면 안다. 내가 어떻게 살았든지 자식이 성공하면 되는 것이다. 자식이 그럴듯해 보이는 차에서 내린다면 부모의 몸 상태는 중요하지 않다. 물론 약간의 우월감을 느끼기 위해서 정신은 말짱해야 한다. 그래서 나는 매일매일 상상을 멈추지 않는다. 몸은 죽어도 정신만이라도 살아 있어야 승리자의 기쁨을 누릴 수 있으니까.

"반갑구먼. 자네 집안도 평안허제?"

무표정한 표정으로 이 한 마디를 던지는 맛은 젊은 시절

노동의 대가로 술잔에 받았던 이웃들의 칭찬보다 달콤했다. 하지만 그들은 대부분 이 세상에 없다. 있다 해도 구부정한 허리로 전속력으로 달려도 거기서 거기인 걸음을 걷는 노인이기에 내 처지와 다를 바 없다. 자식들의 차에서 휠체어가 내려지고 건장한 자식 한 명이 아버지를 부축하는 모습이야말로 근사한 노후가 아니겠는가! 그런 면에서 나는 성공한 아버지이다.

☪

서울 온수동 산11번지. 그곳은 담양의 옥산보다도 가난한 마을이었습니다. 여섯 가구가 공동으로 사용하는 화장실은 관리가 제대로 되지 않았습니다. 재래식 화장실이라 여름이면 악취는 물론 파리와 구더기가 들끓었습니다. 화장실에 다녀오면 바지에 붙어 있던 구더기가 툭 떨어져 방바닥을 기어 다니기도 했습니다. 세면장에 우물 대신 물 펌프가 있다는 점만 달랐지 실생활은 시골보다 더 어려웠습니다. 집주인은 방 두 개에 부엌 하나가 딸린 방을 서로 다른 가족에게 세를 내줬습니다. 주방을 쓸 때면 두 가구가 눈치를 봐야 했습니다.

"우리가 당분간 기숙사에서 생활할게요."

둘째 아이와 셋째 아이가 공장 기숙사행을 선택했습니다. 동생들이 성장할수록 방이 점점 좁아졌기 때문입니다. 큰아이는 장남으로서 가정을 돌봐야 한다는 의무감 때문에 집에서 출퇴근했습니다. 높은 곳으로 출근해 더 높은 곳으로 퇴근하는 큰아이가 걱정이 돼 동생들과 같은 결정을 내리기 원했지만, 큰아이는 몸의 불편함을 선택했습니다.

이사 후에 가장 먼저 한 일은 교회를 옮기는 일이었습니다. 언덕 위 천막교회서 신앙생활을 시작했습니다. 차가 없는 오솔길을 걸으면 어린 아이들이 더 안전할 것 같았습니다. 순전히 아이들을 생각한 선택이었지만, 종국에는 나를 위한 선택이 되었습니다. 새 교인으로 등록하며 교인들의 가정방문이 이어졌습니다. 하루는 몸이 너무 아파 앓고 있을 때 교인 한 분이 문을 두드렸습니다.

"새로 오셨다고 해서 방문했는데, 쉬실 때 방해만 된 것 같네요."

"아니에요. 제가 몸이 좀 좋지 않아서 차 한 잔 내놓기도 힘드네요. 미안해요."

그녀는 내 얼굴을 유심히 살폈습니다. 다정한 인사를 주고받기도 전에 그녀의 얼굴이 어두워졌습니다.

"전 괜찮아요. 그런데 병원은 다녀오셨어요?"

"아니요. 좀 쉬면 좋아질 거예요. 항상 몸이 그래요."

그녀의 심각한 표정에서 나의 병세를 읽을 수 있었습니다.

"그래도 너무 좋지 않아 보여요. 괜찮으시면 저랑 함께 병원에 가요."

내가 머뭇거리자 그녀는 이유를 알아챘는지 보다 적극적으로 병원 진료를 권유했습니다.

"이대로 있으면 정말 안 될 것 같아서 그래요. 병원비는 제가 알아서 할 테니까 함께 가요."

그녀의 계속된 설득에 그러겠다고 했습니다. 그녀는 다른 교인 몇 명을 더 불러와 나와 함께 병원에 갔습니다. 평소대로 그냥 아플 뿐이라고 괜찮다고 했지만 의료진의 표정은 심각했습니다.

소변 그릇에 피가 고여 있었습니다.

"어머? 주책이네. 성도님 나이가 몇인데 지금도 생리해요?"

"어디 봐요? 정말이네!"

교인들은 폐경이 이미 지났을 나이에도 생리가 계속된다며 깔깔깔 웃었습니다. 나도 그런가 싶어 얼굴이 붉어졌습니다. 그러나 의료진의 한 마디에 교인들은 당황한 표정을 지었습니다.

"환자가 지금 위급한 상황인데 농담이나 주고받고 계세

요!"

환자복 하의가 붉게 물들어 갔습니다. 멈추지 않는 피가 나의 위독함을 실감하게 했습니다. 피에는 영혼이 담겨 있었습니다. 그래서 나의 의식도 점점 흐려졌습니다. 신기루처럼 남편이 잠시 보였다가 사라졌습니다. 눈을 떴을 때는 이미 수술을 마친 상태였습니다. 의사는 나에게 자궁을 전부 들어냈다고 했습니다.

"집에서도 하혈이 계속됐을 텐데 왜 이제 왔어요? 조금만 늦었으면 큰일 치를 뻔했어요."

처음으로 병원에 입원했습니다. 남편을 위해, 아이들의 간병을 위해 보호자 침대에서 쪽잠을 자긴 했지만, 나의 안녕을 위해서 입원한 적은 단 한 번도 없었습니다. 밤은 깊었고 나는 혼자 있었습니다. 가슴 깊은 곳에서부터 울음이 밀려와서 목을 졸랐습니다. 순간순간 숨을 쉴 수 없었습니다. 남편과 함께했던 고통의 시간들이 주마등처럼 스쳐갔습니다. 허무했습니다. 지나간 과거와 살아야 할 미래가. 나는 깊이를 알 수 없는 늪에 빠졌습니다. 차라리 죽는 편이 나았다고 가슴을 쳤습니다. 가족을 생명처럼 아꼈습니다. 그러나 정작 내가 고통 속에 있을 때는 아무도 없는 곁을 견뎌야 했습니다. 피가 아팠습니다. 무릎을 꿇었습니다. **여호와는 나의 목자시니** 남편을 살해했습니다. 10년, 20

년, 아니 어쩌면 **내게 부족함이 없으리로다** 그를 처음 만났을 때부터였는지도 모르겠습니다. **그가 나를 푸른 풀밭에 누이시며** 내가 매일 한 걸음씩 그를 죽여야만 했던 이유는 **쉴 만한 물가로 인도하시는 도다** 내가 살기 위해서가 아니었습니다. **내 영혼을 소생시키시고** 단지 나의 생명을 위해서였다면 **자기 이름을 위하여** 오히려 그가 아닌 나를 살해하는 편이 훨씬 수월했을 것입니다. **의의 길로 인도하시는 도다** 아니 어쩌면, 나는 그가 아닌 나를 **내가 사망의 음침한 골짜기로 다닐지라도** 살해하며 살아왔습니다. **해를 두려워하지 않을 것은** 사랑할 수 없음에도 늘 곁에 있어야 하는 사람이라면, **주께서 나와 함께 하심이라** 불가능의 가능을 위해, **주의 지팡이와 막대기가** 가능한 불가능을 선택하는 편이 **나를 안위하시나이다** 좋겠다고 생각했습니다. **주께서 내 원수의 목전에서** 그래서 나는 살해를 잘못 발음해서 **내게 상을 차려 주시고** 사랑을 말하는 실어증 환자처럼, **기름을 내 머리에 부으셨으니** 매일매일 나를 살해하며 살아왔습니다. **내 잔이 넘치나이다** 내가 좋아하는 꽃들 속에서 한 송이 작약의 향기로 **내 평생에 선하심과 인자하심이** 나의 주검을 감추고 **반드시 나를 따르리니** 나는 내가 아닌 채로, 그는 그가 아닌 채로 **내가 여호와의 집에** 둘 중 한 명이 죽어야 하는 비명을 걸어야 했습니다. **영원히 살리로다.**

살다 보면 묻지 않는 편이 좋은 질문이 있다. 어머니라는 질문이 그랬다. 나는 어머니가 내 손을 잡고 비손하러 간 첫날부터 예감하고 있었다. 어머니도 여자였다는 것을. 아니라고 생각했을 뿐이었다. 그런데 아니라고 생각하는 것과 사람의 진짜 마음은 달라서 대답해야 할 사람이 아니라 대답할 수 없는 사람에게 물었다. 그래야만 진실 밖을 진실로 믿으며 살아갈 수 있었다.

어머니는 비는 손으로 새벽을 시작하고 비는 손으로 밤을 마감했다. 나는 어머니가 그런 줄만 알았다. 어느 날부터 형제들이 잠들면 어머니는 방문을 열었다. 그때는 자식들을 위해서 빌러 가는 줄 알았다. 나는 어머니의 노력이었다. 어머니와 함께 비손하러 간 첫날 엄마 손을 잡았던 그놈. 나와 눈을 마주치자 생글생글 웃었던 그놈. 그놈 때문에 내가 그 자리에 있는 줄 알았다. 나는 어머니의 실패였다. 대낮에 방문을 열고 나오는 그놈과 눈이 마주쳤다. 그날부터 나는 밤이슬을 밟는 어머니의 비는 손을 의심하면서, 또 믿었다. 의심하면서도 믿어 무엇을 빌었는지 물을 수 없었다. 아버지가 죽고 울상으로 지내던 어머니의 얼굴에 생기 어린 꽃이 피어나는 것을 보고 슬퍼해야 할지 기뻐

해야 할지 몰랐다. 비는 손이 자식들의 밥을 빌었던 건 사실이었으니까.

살다 보면 묻지 않는 편이 좋은 질문이 있다. 뻔히 알고 있으면서도 모르는 척해야 했던 대답에 삶의 난감함이 시작됐다. 어머니에게 묻지 못했던 질문을 아내에게 물었다. 새벽마다 어딜 다니느냐고. 비는 손은 무얼 비는 손이냐고. 묻지 못해 듣지 못했던 대답을 아내에게 요구했다. 어머니와 함께 빌었다. 나는 배부름을 빌었지만 어머니는 그놈도 함께 빌었다. 어머니의 머리채가 잡히던 날 이년 저년 소리로 동네가 떠들썩했다. 그때는 어머니가 불쌍하기만 했다. 어머니는 빌고 또 빌었다. 잘못했다고 빌고 다시는 그러지 않겠다고 빌었다. 그러나 어른들의 일은 빈다고 끝나는 일이 아니었다. 동네를 떠나야 했다. 집은 더 작아졌다. 남동생은 머슴살이, 여동생은 식모살이를 시작했다. 살려면 그래야 한다고 어머니가 말했다. 어머니는 비는 일로 늙어갔고 나는 빌다가 청년이 됐다.

빌지 않는 삶을 살기 위해서는 더 잘 빌어야 했다. 그래서 염장이를 배우고 백정을 살았다. 누군가가 죽거나, 죽여야 할 가축이 있을 때면 나의 비는 능력은 환영받았다. 나는 죽음 앞에서만 살아 있을 수 있었다. 어머니는 그런 나를 착한 아들이라고 했다. 어머니가 돌아가시고 질문이 사라졌다. 대답만 남아 질문을 위로했다. 어쩌면 아내는 내가 믿고 싶었던 어머니의 대답이었다.

☪

"계세요?"

문을 열자 50대 초반으로 보이는 한 남자가 서 있었습니다. 초가을 날씨임에도 남자는 얇은 긴팔 티셔츠에 양복 바지를 입고 있었습니다. 웃고 있는 얼굴과 오래 빨지 않은 운동화가 뭔가 삶의 불일치를 걷는 사람임을 증명했습니다. 막내딸이 치맛자락을 붙들고 그의 얼굴을 천천히 쳐다보았습니다.

"혹시 시동생 이름이 ○○○ 아닌가요?"

"예, 맞아요. 그런데 왜?"

"그럼 제가 옳게 찾아왔네요. 친군데요, 전에 함께 일했는데 주소를 몰라서 형님 댁에 오면 알 수 있을 것 같아서요."

남편은 동생과 가깝게 지내지 않았습니다. 시동생은 남편과는 정반대의 인생을 살아와서 형편이 넉넉했습니다. 검소했고, 자신의 가족을 위해서가 아니라면 함부로 돈을 쓰지 않았습니다. 그의 형제들이 볼 때는 인색한 사람이겠지만 그의 가족 입장에서만큼은 훌륭한 가장이었습니다. 그래서 악착같이 모은 돈은 친형제들의 어려움조차 외면했습니다. 혈육을 지키지 않는 사람이 조카들을 따뜻하게 대하긴 쉽지 않아서 아이들도 작은집과 왕래하지 않았습니다. 상황이 그런 터라 그가 문을 두드린 이유를 짐작할 수 있었습니다.

"곧 점심인데 아침식사는 하셨어요?"

질문과 다른 대답에 그가 당황했습니다. 어쩌면 배고픔에 대한 질문이 자신이 듣고 싶었던 대답이었다는 듯이 잠시 말을 잇지 못했습니다.

"작은집이랑은 왕래가 없어서 저도 주소를 몰라요. 그래도 집에 오셨는데 드릴 건 없고 식사라도 하시고 가실래요? 보시는 것처럼 살림이 이래서 찬은 없어요."

치마 뒤로 몸을 숨긴 막내딸이 치맛자락을 흔들었습니다.

"아, 그러면 신세 좀 질게요. 아침을 걸러서 배가 고팠거든요."

그를 방으로 들였습니다. 좁은 방을 이리저리 둘러보며 아랫목에 앉았습니다. 밥상을 들이자 꿀꺽 침 삼키는 소리가 들려왔습니다. 자신도 모르게 흘러나온 배고픔의 표현이 민망했는지 머리를 긁적이다 숟가락을 들었습니다.

"보시다시피 형편이 이래서 차린 게 없네요."

"별 말씀을요. 국이 맛있어서 다른 반찬은 없어도 되겠어요."

"방이 좁으니까 우리는 식사하시는 동안 부엌에 있을게요."

그는 국에 밥을 말아 순식간에 밥 한 그릇을 비웠습니다.

"아주머니! 괜찮으시면 한 그릇씩 더 주시면 안 될까요?"

그의 행동에서 아이들의 얼굴을 떠올렸습니다. 그 사람이 누구이든지 내가 따뜻한 밥 한 그릇을 내어줄 수 있다면, 내 아이들도 어디선가 그런 사랑을 받을 수 있다고 생각했습니다. 나는 그에게 밥과 국을 더 가져다 주었습니다. 밥을 받을 때 팔보다 짧은 긴팔 셔츠가 눈에 거슬렸습니다. 그의 등 뒤로 벽에 걸려 있는 셋째 아이의 점퍼가 보였습니다.

"정말 잘 먹었어요! 요리 솜씨가 보통이 아니시네. 식당 차려도 되겠어요."

그가 밥상을 부엌으로 내줬습니다.

"반찬도 없는데 맛있게 드셔서 제가 오히려 감사하죠. 잠시만 거기 앉아 계세요."

나는 방으로 들어가서 셋째 아이의 점퍼를 그에게 전했

습니다.

"우리 아들이 입던 옷인데요, 아저씨 몸에 맞을지 모르겠네. 초가을인데 아직까지 여름옷을 입고 다녀서 추워 보여요."

점퍼를 받아 든 그가 잠시 말을 잇지 못했습니다. 부엌에 있는 막내딸을 보고서야 환하게 웃음을 보였습니다.

"따님이 정말 예쁘네요. 아줌마는 자녀들이 몇인가요?"

"일곱이요!"

"다복하시네요. 아줌마 자식들은 다 잘될 거예요. 제가 나쁜 사람이면 어쩌려고 처음 만난 사람에게 이렇게 잘해 주세요. 하긴, 나쁜 짓하러 왔다가도 아줌마 만나면 그러지도 못하겠네. 이런 엄마를 뒀으니 자식들이 크면 다 훌륭한 사람이 될 겁니다."

"처음부터 나쁜 사람이 있겠어요? 다 살다 보니까 그렇게 되는 거고, 사랑받지 못해서 그런 거겠죠. 아저씨는 나쁜 사람으로 보이지 않아요. 그리고 여기 와서 저에게 나쁘게 한 일도 없잖아요."

"하하! 아줌마! 제가 앞으로 잘되면 꼭 한 번 아줌마 만나러 올게요. 대접 잘 받고 갑니다."

그가 자신의 몸보다 큰 점퍼를 입고 문 앞에서 꾸벅 인사했습니다.

"꼭 제 옷처럼 잘 맞네요. 고맙습니다!"

오후가 됐을 때 이웃집 사람들이 동일한 질문과 대답을 들고 찾아왔습니다.

"언니! 어떤 남자에게 밥 주고 옷도 줬어? 그 남자가 이 집 저 집 다니면서 언니 좋은 사람이라고 자랑하고 다니던데, 정신 나간 사람 아니야?"

나쁜 사람이 있다면 그 사람은 처음부터 나쁜 사람이었을까요, 아니면 어느 순간부터 나쁘게 된 사람일까요? 그리고 세상에 태어난 사람 중에 함부로 사랑받지 않아도 좋을 사람이 있을까요? 그가 무엇이며, 누구든지 간에…….

15

사람은 누구나 기억하고 싶지 않은 사연 하나쯤은 가지고 살아갑니다. 기억의 창고 가장 어두운 곳에 그것을 놓아 두고 자물쇠를 채워 놓습니다. 그 기억은 어떠한 삶의 순간 불쑥불쑥 문을 두드리며 자신의 존재를 속삭입니다. 희미할수록 더 선명하게 울려오는 목소리는 삶을 절망 한가운데로 밀어 넣기도 합니다.

"나는 너야!"

사람들은 그것을 운명이라 표현하기도 합니다. 어찌할 수 없었던 생의 한 페이지를 내 것으로 인정할 수밖에 없을 때, 삶에 대한 소름이 몸과 마음을 사로잡아 살아야 할 이유를 잃게 만들기도 합니다. 나에게도 그런 기억이 있습니다. 너무 미안해서 손끝만 닿아도 펑펑 울음으로 뒤척거리는 이야기가.

그 아이는 둘째 아이였습니다.

둘째 아이가 여섯 살이 되고 우리 가족은 옥산에서 응암동으로 이사했습니다. 옥산은 담양에서도 한참 들어간 시골이었던 탓에 행상이 쉽지 않았습니다. 행상은 가족의 유일한 생계 수단이었습니다. 처음에는 물건을 많이 팔 수 있는 도시를 찾아다녔습니다. 해를 거듭하다 보니 단골이 생겼고 자연스럽게 활동 범위도 정해졌습니다. 서울, 김포, 대천, 군산으로 행상을 다녔습니다. 집과는 거리가 있었고 물건을 다 팔 때까지 수개월이 걸릴 때도 있었습니다. 기간과 거리만큼 남편의 불만도 커졌습니다.

"영애야! 저번에 서울은 댕겨왔은께 요번에는 김포에 갔으면 헌디? 내려옴서 서울서 외상값도 받아 오고."

"……이번에 나는 좀 쉬어야 할 것 같아."

"왜? 남편 땜시?"

"아, 아니…… 애가 좀 아파서."

"뭐시 그랴! 또 지랄헌간만. 일도 안 허고 맨날 술만 처묵음서 니 남편은 왜 자꾸 근다냐. 우리랑 같이 댕기고, 애들도 다 업고 댕긴디 서방질할 시간이 어딨다고."

담양 시장에서 죽제품을 사면 판매처에서 구매자가 지정하는 장소로 구매품을 보내 주었습니다. 가족과 협력해서 필요한 상품을 지속적으로 공급받는 이들은 한곳에 오래 눌러앉아 더 많은 이익을 남기기도 했습니다. 나는 방값을 아끼기 위해 마음이 맞는 이웃들과 함께 행상을 다녔습니다. 여러 명이 함께 거주하면 돈을 아낄 수 있었고 형편이 비슷해서 서로가 서로에게 위로가 됐습니다. 각자 판매처가 달라 귀가 시간이 제각각이었지만 누가 말하지 않아도 일과를 먼저 끝낸 이가 밥을 지었습니다. 식사를 끝내면 잠깐의 수다로 피곤을 달래다가 자는 줄도 모르고 잠들었습니다. 그러다가 벼락처럼 남편이 들이닥치면 한바탕 소동이 벌어지기도 했습니다. 남편은 일행의 가족을 통해 어떻게든 거처를 알아냈습니다. 반복되는 남편의 행동에 보다 못한 동생이 자신이 살고 있는 서울 응암동에 단칸방을 마련해 주었습니다. 큰아이가 아홉 살, 둘째 아이가 여섯 살이었습니다.

서울로 이사해서는 주로 과일 행상을 다녔습니다. 가락동 새벽시장에 나가 사과며 배를 싼값에 사서 서울의 골목골목을 걸었습니다. 팔다 남은 과일을 잠시 방 안에 두면 아이들은 가끔씩 과일에 손톱자국을 남기곤 했습니다. 팔 수 없어야 자신들이 먹을 수 있었기 때문입니다. 팔 수 없다면 저녁에 배고플 수 있다는 것을 코흘리개 아이들은 알지 못했습니다.

"엄마! 이런 거 팔아도 되아요?"

"엄마가 흠이 있는 사과를 잘못 사왔네. 이거 동생이랑 나눠 먹어!"

"우와! 잘 먹겠습니다! 형아가 반 토막을 똑같이."

"근디, 형아 것이 더 큰 거 같은디?"

"아니여, 재보면 너 것이 더 크당께!"

얼마나 먹고 싶었을까. 상처가 생긴 과일을 아이들 손 위에 올려 주곤 했습니다. 작은 손, 작은 손보다 큰 사과 한 알, 사과보다 커지는 아이들의 입꼬리를 보면 나도 모르게 내 입가에도 미소가 돌았습니다. 사과를 든 아이들이 웃었고, 나도 따라서 웃었지만 돌아서면 아침은 이미 저녁보다 무거웠습니다. 내일, 아니 오늘을 기약할 수 없는 삶. 그러나 누구에게도 기댈 수 없는 삶을 아이들은 베어 먹고 있었습니다. 그래서 더 나은 벌이를 고민해야 했습니다. 이익이 적은 물건을 들고 행상을 다녀서는 아이들의 미래를 기약할 수 없었기에 담양으로 내려가 죽제품을 사서 예전처럼 다른 도회지로 행상을 다니기로 마음먹었습니다.

"참말로 사과 먹고 잡은디!"

"오늘은 없어!"

처음으로 둘째 아이에게 손찌검을 하고 말았습니다. 평

소대로라면 새벽시장에 나가 과일을 사와야 했지만 담양행을 위해 미뤘습니다. 가서 해야 할 일을 생각하느라 몸과 마음이 분주했습니다. 아직은 어린 둘째 아이가 이런 상황을 이해할 수는 없었습니다. 그러나 없는 사과를 먹고 싶다고 계속해서 보채자 신경이 날카로워졌습니다.

"사과가 먹……."

순간 화가 치밀었습니다. 아니 아침부터 해장술을 마시다 남편이 걷어찬 밥상이 떠올랐습니다.

"없어! 엄마가 이렇게 힘든데 먹을 것밖에 몰라!"

주먹으로 둘째 아이의 머리를 쥐어박았습니다. 한 번, 두 번, 세 번, 네 번…… 머리가 벽에 부딪혔습니다.

쿵, 하는 소리가 가슴을 쳤습니다. 그러나 이상하게도…… 몸이 멈추지 않았습니다. 아이들의 울음소리를 들을수록 미움이 커졌습니다.

"나가 잘못했어요! 잘못했당께요!"

그것은 나 자신에 대한 분노이기도 했습니다.

"뭘 잘못했는데? 뭘? 뭘 잘못했……."

둘째 아이가 쓰러졌습니다. 아니, 그 순간은 자신을 낳은, 자신이 가장 사랑하는 엄마로부터, 버려졌습니다.

그때서야 나는 나의 행동이 부끄러워졌습니다.

부끄러워서 괜찮냐고 묻지도 못하고 방문을 열었습니다. 서울역으로 가야 했지만 발걸음을 옮길 수 없었습니다. 집 앞을 서성거렸습니다. 조금이라도 둘째 아이의 마음을 위로해 주고 싶어 선물을 사주기로 마음먹었습니다. 상점으로 갔습니다. 진열장에 잘 익은 사과 같은 빨강 모자가 눈에 들었습니다. 나는 모자를 사들고 집으로 갔습니다. 미안함만큼 발걸음이 빨라졌습니다. 방문을 열자 두려움에 떠는 아이들이 보였습니다. 나를 향한 아이들의 눈빛은 남편을 바라보던 눈빛과 다르지 않았습니다.

둘째 아이에게 다가가서 모자를 씌워 주었습니다. 아이는 금세 때린 엄마를 잊었는지, 빨간 모자를 사준 엄마를 끌어안았습니다.

"미안해. 엄마가 잘못했어."

아침의 소동 때문에라도 나는 아이들에게 담양에 가야하는 이유를 설명해야 했습니다.

"엄마, 나도 가고 싶은디."

둘째 아이가 함께 가고 싶다고 보챘습니다. 큰아이를 바라보았습니다. 큰아이는 자신은 괜찮다고 고개를 끄덕이고는 머리를 숙였습니다.

"엄마가 입을 옷 사올 테니까, 어디 가지 말고 조금만 기다리고 있어. 알았지?"

둘째 아이에게 헌 옷을 입혀 고향에 갈 수는 없었습니다. 남편이 집으로 오기 전에 가야 해서 서둘러 상점으로 향했습니다. 그런데 이상도 했지요. 원하지 않았던 삶처럼, 원하지 않았던 만남이 우연을 가장한 채로 나를 마중하고 있었습니다. 차도 건너편에 쪼그려 앉아 누군가와 이야기하는 남편의 모습이 보였습니다. 피하고 싶어 발걸음을 돌렸지만, 곧 남편의 목소리가 들려왔습니다.

"임자! 임자!"

못 들은 척하고 싶었습니다.

"이봐! 임자!"

그러나 고개를 돌리고 말았습니다. 남편은 나를 향해 건너오라며 손짓했습니다. 길을, 건넜습니다. 건너고 싶지 않았던 길을, 건너야 했습니다. 그때까지 나는 남편의 손짓이 나와 내 아이의 운명을 선택하게 하는 횡단이 될 줄은 전혀 알지 못했습니다. 그것은 비극의 손짓이었고, 살아 있는 동안 앓아야 할 형벌로 인도하는 이정표였습니다.

"뭐 혀? 생년월일을 말혀야제!"

"예? 예."

"36년생 맞제?"

사주쟁이에게 좋은 이야기라도 들었는지 남편의 목소리는 들떠 있었습니다. 둘째 아이의 옷을 사기 위해서는 빨리 끝내야만 했습니다. 나는 주섬주섬 남편이 원하는 것을 말했습니다. 사주는 귀에 들리지 않았습니다. 먼 미래보다 당장 남편이 부르기 전 그 길을 걸어야 했던 이유를 생각해 내야 했습니다. 자신의 삶에 대한 변명을 꺼내 사주쟁이의 손끝에 놓아 주는 남편의 태도가 머리를 혼란스럽게 했습니다. 적어도 등 뒤에서 다급한 목소리가 들려오기 전까지는 그랬습니다. 그 찰나는 남편을 향한 난감함과 곤란함을 거두기도 전에 바닥에 떨어져 유리병처럼 산산이 부서졌습니다.

"엄마! 엄마!"

고개를 돌리는 순간 온몸이 얼어붙었습니다. 둘째 아이가 차도를 가로질러 뛰어오고 있었습니다.

"나 두고 혼자만 가믄 안……."

빨간 모자를 쓰고 마치 흠이 생긴 사과처럼 숨을 헐떡이면서.

"……."

차도를 가로지르고 있었습니다.

끼이익…….

군용차 한 대가 급제동했습니다. 사과 한 알이 공중으로 튕겨져 올랐다가 길바닥에 내팽개쳐졌습니다. 폭풍우 속의 낙과처럼, 내 눈앞에서, 내가 낳은 아이가 쓰러져 있었습니다. 아니 나로부터, 버려져 있었습니다. 돌멩이가 뚫고 지나간 유리창처럼 온 세상이 부서져 내렸습니다.

허름한 천막이 지붕을 대신한 응암동의 가난한 마을, 그곳을 지나 둔덕이 있었고, 둔덕 아래로 붉은 십자가가 울먹이던 적십자병원이 있었습니다. 둔덕에 올라 한참을 걷다 보면 둘째 아이가 잠든 작은 언덕이 있었습니다. 나는 매일 둔덕으로 혹시 돌아올지 모를 둘째 아이를 마중했습니다. 그때는…… 만날 수 있다고 믿었습니다.

"엄마, 나가 커갖고 돈 많이 벌어서 엄마 절대로 장사 못 댕기게 헐 것인께, 나가 클 때까장 오래오래 살아야 혀요!"

행상을 나갈 때마다 둘째 아이는 내 목을 끌어안고 말했습니다.

"정말? 내가 효자 아들을 낳았네. 그래! 꼭 돈 많이 벌어서 엄마랑 함께 오래오래 살자!"

빨강 모자를 쓴 아이가 돌아올 때까지, 나는 둔덕을 걷고 또 걸었습니다. 걷다 보면 어느새 둘째 아이의 무덤 앞에 서 있었고, 울다 보면 새벽이 밝았습니다.

"오늘은 꼭 돌아올 거야!"

남편의 손에 이끌려 고향으로 돌아가기 전까지 둘째 아이의 무덤을 살았습니다. 미군으로부터 적지 않은 사망보상금을 지급받았습니다. 남편은 둘째 아이의 사망보상금으로 고향에 논과 밭을 샀습니다. 농사를 짓겠다며 나와 큰아이를 이끌고 담양으로 향했습니다. 둘째 아이는 엄마에게 수없이 말했던 약속을 지키고 어린 생을 마감했습니다. 그러나 나는 머지않아 다시 행상 길에 올라야 했습니다. 그때까지 아이 넷을 낳았는데, 첫째는 낳은 지 사흘 만에 곁을 떠났고, 둘째는 소아마비로 장애를 얻었으며, 셋째는 사고로 가슴속에 묻어야 했습니다. 삶은 제멋대로 아이들의 순서를 바꾸며 그렇게, 그렇게 흘러갔습니다.

16

남편에게도 친구가 생겼습니다. 온수동 산 11 번지는 개발제한 구역이어서 소로 밭을 갈고 토끼를 키우는 등 시골 풍경이 그대로 남아 있었습니다. 남편은 토끼를 키우는 집 남자와 친해져서 함께 일터를 찾아 나서곤 했습니다. 친구는 공사판 일용직 잡부로 일했고 그의 아내는 토끼요리 음식점을 운영했습니다. 여기저기 공사 현장을 찾아다니다 보니 남편의 외박이 늘어났습니다. 짧게는 하루에서 길게는 한 달간 집을 비우기도 했습니다. 많지는 않았지만 조금씩 돈을 내놓으면서 살림에 보탬이 되기 시작했습니다. 형편이 조금씩 나아져서 옆방도 세를 얻을 수 있었습니다.

공장 기숙사에서 생활하던 둘째 아이와 셋째 아이가 집으로 돌아왔습니다. 남편이 집을 비울 때면 여느 집과 마찬가지로 웃음이 넘쳐나는 가정이 됐습니다. 아이들끼리 나누는 사사로운 대화에도 즐거움이 싹텄습니다.

"아그들이 나가 말만 허면 웃는당께."

"근게 사투리를 형아처럼 고쳐 불고 서울 말씨를 써야 해."

"형아는 친구들이랑 말할 때 사투리 안 쓴당가?"

"암. 나는 매일매일 연습해서 인자는 사투리를 안 써!"

"글면, 인자가 서울 말씨여?"

"근께, 아니 그니까, 가끔씩 나오기는 혀서 말할 때 조심하지."

"글면 나랑도 조심혀서 말혀봐. 형은 중학교에 들어갔은께 나보다 서울말을 더 많이 배울 거 아녀?"

"그려! 아니 그래! 집에서 사투리 쓰면 서울 말씨가 안 느께 인자 우리 가정에서는 서울 말씨로만 대화허자."

아이들의 학교 친구들이 종종 놀러 와서 함께 밥을 먹기도 했습니다. 남편이 같은 공간에 없다는 이유 하나만으로 아이들은 안도했습니다. 잠깐씩 확인되는 평화는 아이들에게 아버지라는 존재를 자신의 공간 밖으로 밀어내게 했습니다.

"아버지가 아주 들어오지 않았으면 좋겠당께! 집에 없은

께 이렇게 좋은디, 엄마는 왜 아버지 같은 사람이랑 결혼
혀서……."

"……그래도 아버지잖아."

중학교에 입학한 다섯째 아이는 사춘기에 접어들면서 가
정환경에 대한 불만이 늘어갔습니다. 아버지가 없음으로
인해 주어지는 행복과 자유가 오히려 다섯째 아이의 판단
력을 명확하게 했습니다. 자신이 선택하지 않은, 인정할 수
없는 상황들로 인해 조금씩 비뚤어져 갔습니다. 다섯째 아
이의 감정은 팔색조처럼 기복이 심해 하루에도 몇 번씩 천
국과 지옥을 오갔습니다. 좋을 때는 한없이 행복해 보였지
만 자극을 받으면 종잡을 수 없을 만큼 폭력적으로 변했습
니다. 발로 차서 덕지덕지 판자가 대어진 나무 대문이 오롯
이 다섯째 아이의 슬픔을 그렸습니다. 집 밖에서도 다섯째
아이의 평판은 좋지 않았습니다.

다섯째 아이는 서울로 올라오고부터 줄곧 온수공단에 나
가 고철을 주워 팔았습니다. 용돈을 받지 못하니 스스로 돈
벌이에 나섰던 것입니다. 중학생이 되고부터는 담이 커져
서 고물상 담을 넘었다는 말을 듣기도 했습니다. 친구의 어
머니가 자신의 아들을 위해 다녀가기도 했습니다.

"당신 아들이랑 우리 애랑 어울리지 않게 해주세요. 공부
에는 관심이 없고, 놀러만 다니고, 게다가 도둑질까지 한다

는 소문도 있어요."

나는 다섯째 아이에게 아무 말도 하지 않았습니다. 말해 봤자 다섯째 아이가 보일 태도는 예상됐습니다. 그리고 무엇보다 어린 시절 엄마에게 우유를 전해 주던 그때의 착한 아이가 시간이 지나면 다시 돌아오리라 믿었습니다. 그래서 친구들과 함께 집에 오면 친구 엄마들의 부탁과는 반대로 반겨 주었습니다. 공단의 으슥한 골목을 헤매느니 차라리 내가 보살펴줄 수 있는 집이 더 안전하다고 믿었습니다.

"애들아, 먹을 게 없어도 갈 곳 없으면 꼭 여기 와서 놀아!"

"그럼 내일 또 와도 돼요?"

"그럼! 물론이지!"

나는 산 11번지와 조금 떨어진 동네에 단칸방을 하나 더 얻었습니다. 공장에 다니는 아이들에게 공부할 공간을 마련해 주고 싶었습니다. 남편이 부정기적으로 가져다 주는 돈이 도움을 주었습니다. 계를 들어 받은 돈으로 보증금을 마련했고 남편이 주는 돈을 아끼면 월세 정도는 낼 수 있었습니다. 혹시나 아이들 공부에 영향을 미칠까 걱정돼 남편에게는 비밀로 했습니다. 둘째 아이가 큰아이의 조언으로 안경사자격증 공부를 시작했습니다. 셋째 아이는 형이 다 본 책을 펼쳤습니다. 넷째 아이도 검정고시를 준비했습니다. 셋 모두가 낮에는 일하고 밤에는 공부를 했습니다.

당시에는 지금보다 노동 환경이 좋지 않아 야근을 강요하는 날이 많았습니다. 하루는 둘째 아이가 그런 삶이 너무나도 고단했는지 책상 위의 책을 손으로 쓸어 버리고 쓰레기통에 내다 버리기도 했습니다. 그러나 곧 마음을 바꿔 책상에 앉았습니다. 내 생애에 가장 기쁜 날은 그 방에서 시작됐습니다.

"형님, 나 왔소!"

동생이 왔지만 크게 기쁘거나 반갑지 않다.

"오늘이 일요일인가벼."

동생은 매우 성실한 사람 혹은 매우 속 좁고 조잔한 사람이라 평일에는 얼굴을 보여 주지 않는다. 동생이 가고 나면 어김없이 실망감이 앞설 때가 많다. 돈도 많이 모은 녀석이 아픈 형을 위해 크게 위로금 한번 주머니에 찔러준 일이 없다. 자기 건물로 임대업을 하면서도 경비일도 나간다. 돈에 환장해서 내 손에 쥐여 주는 돈은 많아 봤자 10만 원 정도이다. 그것도 가뭄에 콩 나듯 해서 기대감을 갖지 않는다.

"형님 얼굴이 좋아 보이네."

"병원에 있은게."

나는 가족 외에 내 손에 봉투를 쥐여 주지 않는 면회는 원하지 않는다.

"축하받으러 왔어. 우리 둘째가 결혼혀."

"그려? 잘 되았구먼. 나이가 솔찬히 먹었을 텐디?"

"벌써 삼십대 중반이여."

"째깐했을 때가 엊그제 같은디 벌써 나이가 그렇게 차부렀네. 언젠디?"

"10월 말에 혀."

부러워진다. 이럴 때는 서로 동질감을 가질 수 있는 질문이 필요하다.

"큰것은?"

"모르겠소. 안 갈라고 해서 고민이 이만저만 아니여. 형님도 글제?"

"글제! 아들놈 셋이나 안 가고 있은게. 돈 때문에 안 간단디 나가 어쩌겄어. 모아 놓은 돈이 있는 것도 아니고."

"그라면 형님 산소 팔아서 보태면 되제? 거가 땅값이 많이 올랐단디."

"그려? 많이 올랐어?"

"그렇다는구먼."

나는 고향에 땅이 있다. 10년간 모은 용돈으로 내가 묻힐 산소를 샀다. 물론 자식들이 절반은 보탰다.

"2천만 원 주고 샀은께 한 1억은 되았을란가?"

"그건 나가 잘 모르지라."

1억 정도 되면 다섯째 아이와 여섯째 아이 중 한 명은 결혼을 시킬 수 있지 않겠는가. 1억이 자꾸 머릿속을 맴돈다.

동생이 돌아가고 씁쓸함이 마음 가득히 차오른다. 동생은 오늘 문병에 대한 예의를 다했다. 15만 원이나 내 손에 쥐여 주었다. 그런데도 마음이 편하지 않다. 큰아이에게 전화를 건다.

"바쁘냐?"

"아니요, 말씀하세요."

"내 산소 있잖여. 거가 땅값이 올랐단디 얼마나 올랐다냐?"

"아버지가 그걸 어찌 아셨소?"

"니 작은아버지 왔다 갔어야."

"안 그래도 친구가 땅값 많이 올랐다고 팔라고 했는데, 거절했어요. 나중에 아버지랑 어머니 거기에 모셔야 하니까."

갑자기 온몸이 뜨거워진다. 피가 돌아 모든 혈관들이 팽팽해진 느낌이다. 젊음의 혈기가 다시 돌아온 것처럼.

"아녀! 아녀! 그냥 그거 팔아 부러!"

"왜요?"

"동생 산소 옆에 묻히면 된께. 그냥 팔아 부러. 글고 돈 받으면 나한테 가져오고잉."

"땅이 제 명의로 돼 있긴 한데 형제들 돈이라서 상의해야 해요."

"아따! 나가 죽어서 거그 안 간당께. 글고 내 돈도 절반 들어갔은께 팔아 부러. 알았제?"

"알았어요. 동생들하고 이야기해 볼게요. 그런데 팔아서 그 돈으로 뭐 하시려고요?"

"나가 다 생각이 있어서 안 그냐."

"예. 아버지 저 일해야 하니까 있다가 다시 통화해요."

"그려."

찝찝했던 마음이 사라진다. 마치 자고 일어나니 벼락부자가 돼 있는 사람처럼 웃음이 실실 흘러나온다.

☪

"엄마! 엄마! 나 합격했어요!"

"정말? 우리 장한 아들 고생했네!"

둘째 아이에게 축하를 전하는 사이 고개를 푹 숙이고 있는 셋째 아이가 눈에 들어왔습니다. 나는 둘째 아이에 대한 기쁨을 잠시 등 뒤로 감춰야만 했습니다. 물론 셋째 아이가 계획에 없던 공부를 했던 터라 둘째 아이의 합격 소식에 대한 기쁨은 숨길 수가 없었습니다. 차분해지기 위해서 둘째 아이를 방에서 내보냈습니다. 그런데 셋째 아이의 입가에서 살짝 미소가 그려졌습니다.

"내년에 또 기회가 있으니까 상심하지 마. 포기하지 않으면 좋은 결과가 있을 테니까 다시 시작하자. 알았지? 오늘은 네 형에게 좋은 날이니까 슬픈 소식은 잊고 형을 축하해 줘야지."

셋째 아이의 얼굴에 떠오르던 미소가 점점 커지더니 급기야 커다란 웃음으로 변했습니다.

"엄마, 나도 합격이야!"

"그래? 정말? 둘 다? 그럼, 지금 엄마를 놀린 거네!"

역경을 이겨내고 얻어낸 아이들의 성취가 뭐라 다 표현할 수 없을 정도로 기뻤습니다. 나는 이웃을 만날 때마다

누가 묻지 않아도 아이들의 자랑을 늘어놓았습니다. 그제
서야 겨우 엄마가 된 것 같았습니다.

둘째 아이는 안경테 제조 회사, 셋째 아이는 안경원에 입
사했습니다. 둘째 아이는 한 달간 연수를 떠나서 당장 입을
옷을 신경 쓰지 않아도 됐습니다. 그러나 셋째 아이는 바
로 손님을 대면할 수 있는 단정한 옷을 준비해 줘야 했습니
다. 그래서 골목을 걷고 또 걸었습니다. 누군가가 버린 헌
옷 보따리를 찾기 위해서였습니다. 셋째 아이에게 수선한
양복을 입혀 주었습니다.

"오! 나 양복 입으니까 진짜 멋있지?"

셋째 아이는 헌 양복을 입으면서도 방긋방긋 웃었습니
다. 코끝이 매웠습니다.

"괜찮아, 엄마. 우리가 돈 많이 벌면 되니까 걱정하지 마!"

나는 울음을 참고 속으로 말했습니다.

"그래! 다 잘 될 거야!"

잠이 오지 않는다. 1억은 내가 살아오며 한 번도 만져 보

지 못한 큰돈이다. 사람에게는 사는 동안 세 번의 행운의 기회가 온다.

"1억!"

이 1억은 아마도 나에게 주어진 마지막 행운일 것이다. 1억이 내 손에 들어오면 다섯째나 여섯째를 불러서 이야기할 것이다.

"결혼혀라!"

생각만으로도 가슴이 벅차오른다. 죽기 전에 손자 한 명을 더 볼 수도 있다. 막내딸이 안고 온 손자를 보면 나도 모르게 눈물이 난다.

"할비! 할비!"

그 감격은 할아버지가 되어 보지 않은 사람은 절대로 모를 것이다.

"아버지! 감사합니다. 아버지가 1억을 주셔서 제가 결혼할 수 있게 됐어요!"

"아니여, 1억이 뭔 큰돈이라고. 진작에 나가 힘을 좀 썼어야 혔는디……."

하! 하! 하!

감격스러운 장면 아닌가? 사람이 바뀌면 살 날이 얼마 남지 않았다는 뜻이다. 그러나 나는 이미 오래 살아서 괜찮다. 문 밖에 죽음이 있다. 그래서 더더욱 그전에 한 녀석이라도 결혼하는 모습을 보고 싶다.

아내에게 전화를 건다.

"몸 괜찮으면 내일 잠깐 봤으면 헌디."

☾★

남편이 보일러 제조 공장에 취직했습니다. 58세에 기적과 같은 일이 벌어진 것입니다. 남편의 회사에서 아이들 등록금을 지급해주어 생활은 한결 나아졌습니다. 술을 좋아해서 친해진 친구 중 한 명이 보일러 공장의 임원이었습니다. 남편은 그의 추천으로 정식 직원으로 일하게 됐습니다. 일정한 공간에 소속돼 일하다 보니 남편의 태도에도 변화가 있었습니다. 술을 마시는 횟수가 줄어들었고 자연히 술로 인한 문제도 줄어갔습니다. 뒤늦게 남편도 안정을 찾아가고 있는 것처럼 보였습니다.

"학자금 고지서 아직 안 나왔당가?"

"곧 나올 거예요!"

남편이 출근길에 던졌던 그 한 마디는 이제 우리 가족도 정상적인 가정으로 살 수 있겠다는 꿈을 선물했습니다.

산 11번지에서 아이들의 공부방이 있는 곳으로 이사했습니다. 평소 공부에 관심이 없었던 다섯째 아이가 신학대학에 진학하기로 마음먹으며 전과는 완벽하게 다른 생활을 시작했습니다. 중학교를 마칠 때 즈음, 한 전도사님을 만나고부터 그의 영향을 받아 생활이 조금씩 바뀌었습니다. 후에는 그 전도사님과 같은 사람이 되기 위해 목회자의 꿈을 꿨습니다. 종종 남편이 불화를 일으켰지만, 예전 같지는 않아서 모든 일이 순탄하게 느껴졌습니다. 그러나 삶은 잔혹해서 겨우겨우 붙잡은 행복의 뒷면에 불운을 넣어 두었습니다.

1990년 어느 화창한 봄날, 남편이 집 앞에서 쓰러진 채로 발견됐습니다. 의료진은 살게 되더라도 반신불수가 될 거라고 확언했습니다. 남편에게 최선의 결과가 가족에게 최악의 결과로 돌아오는 순간이었습니다. 한 생명의 끝 앞에서, 나와 아이들은 최악의 결과를 위해 기도해야 했습니다. 다시 삶의 위독이 시작됐습니다.

"술 갖고 오란께! 나가 시방 병신이 됐다고⋯⋯."

17

 "할머니, 할아버지 두 분 모두 아드님과 함께 사시는 거죠?"

정장을 잘 차려입은 남자들이 찾아왔습니다.

"……예. 그런데요. 왜?"

"집이 아드님 명의로 돼 있어서 확인해볼 게 있어서요."

남자들은 집 안 구석구석을 살펴보기 시작했습니다. 한 남자가 들고 있는 빨강색 스티커가 눈에 거슬렸습니다.

"왜요? 혹시 우리 아들에게 무슨 문제라도 생겼나요?"

"…….."

남자들은 서로 눈치를 살피며 대답하기를 주저했습니다.

"할아버지는 몸이 많이 편찮으신가 봐요?"

나는 남편과 내 몸의 좋지 않은 상태를 과장해서 설명해야만 둘째 아이에게 도움이 될 것 같았습니다.

"뇌졸중으로 20년째 누워 지내서 간병인 없이는 거동을 전혀 못 하세요. 그리고 저도 저혈당이 있어서 스트레스를 받으면 자주 쓰러져요. 최근에도 저혈당 쇼크로 병원 신세를 졌네요. 놀라면 혈당 조절이 안 돼서……. 그런데 무슨 일로 오셨어요?"

남자들은 한참을 머뭇거렸습니다. 그중 가장 나이가 들어 보이는 사람이 함께 온 남자들에게 눈짓했습니다.

"그만 가지! 그리고, 할머니는 잠시만 이리로……."

그가 다른 남자들을 내보내고 현관 앞에서 말을 이어갔습니다.

"할머니를 보니까 돌아가신 제 어머니 생각이 나네요. 사실 아드님 사업이 어려워져서 압류 때문에 왔어요. 아마 사업장에는 이미 딱지를 붙였을 거고요. 혹시 저를 또 보게 되실 수도 있는데, 그때는 오늘처럼 그냥 돌아가지 못할 수도 있어요. 그런 상황이 오더라도 너무 걱정하지는 마세요. 사업이란 게 잘 되면 순식간에 일어서기도 하거든요."

아이들이 사업을 시작하기 전 봉천동에 있는 지인의 집을 좋은 조건으로 샀습니다. 아이들은 모두 행복해했습니다. 전 집주인은 온수동에서 함께 신앙생활을 해오던 친자매와 같은 이였습니다. 하루는 그녀가 찾아와 제안했습니다.

"제가 하남으로 이사를 가려는데요, 이 집 전세금을 저에게 주시고 제가 지금 살고 있는 봉천동 집을 사시는 게 어때요? 나머지 집값은 집으로 대출을 받아서 천천히 주셔도 괜찮아요."

둘째 아이 이름으로 집을 샀습니다. 1억이 넘는 돈을 갚아야 하는 것은 부담이었지만, 그녀가 베풀어준 호의는 더 없이 감사한 행운이었습니다. 그러나 아이들은 그녀 입장에서 실망스러운 결정을 내렸습니다. 주택을 담보로 대출을 받았지만 그녀에게 집값을 상환하지 못했습니다. 둘째 아이가 사업의 주축이 되면서 그녀에게 상환해야 할 집값을 모두 사업자금으로 사용했습니다. 남편의 지병도 문제였습니다. 한 번 아프기라도 하면 무슨 병이건 감당하기가 쉽지 않을 만큼의 병원비가 들어갔습니다. 뇌출혈과 뇌경색, 노환이 겹쳐 몸 이곳저곳이 동시에 아플 때가 많았습니다. CT며 MRI 등을 입원 때마다 촬영했고 입원 기간도 점점 길어졌습니다.

✦

"큰아이한테 말해서 후딱 땅을 팔라고 혀."

아내가 당황한 기색이다. 예상은 했다. 불구가 된 이후 나는 매 순간 매장을 주장해 왔다.

"왜요? 죽어서 화장하는 것 싫다면서요."

"텔레비 본께 요즘은 뭐시냐 수목장도 많이 혀서. 글고 동생이 자기 산소로 들어오라는디, 그것도 괜찮은 것 같고."

"저는 죽어서까지 자식들에게 짐 되는 게 싫어요. 자식들이 관리해야 할 산소도 많아질 것 같고."

아내는 줄곧 자신의 화장을 강조해 왔다. 자식들이 힘들 수 있다는 게 이유여서 내가 동생네 가족묘에 묻히겠다는 말에 던질 반대표를 예단하고 있었다. 이런 아내를 설득시킬 수 있는 방법은 오히려 간단하다. 내가 동생네 가족묘에 묻혀야 할 이유를 자식들에게서 찾으면 된다.

"근께 내 말은 그렇게 혀야 한 놈이라도 더 장가보낼 수 있당께."

"어떻게요?"

역시나, 아내의 눈빛이 달라진다.

"땅값이 많이 올랐다는디 못 들었당가?"

"얼마나 올랐다는데요?"

아내의 호응에 나도 덩달아 신이 난다. 흥에 겨운 사람의 말에는 약간의 과장이 섞일 수 있다. 바람을 사실처럼 말하기 때문이다. 그리고 그 바람을 사실처럼 믿을 때 쉽게 일을 저지를 수 있다.

"1억은 받을 수 있을 것여!"

"정말요?"

"그려! 그것 팔아서 다섯째나 여섯째 장가가라고 보태 주면 가겠제. 그니까 임자도 죽으면 나랑 같이 간다고 혀. 임자 이야기는 잘 들은께 애들 재촉도 좀 허고?"

아내에게 1억을 발음한 순간, 나에게도 1억은 바람이 아닌 사실이다.

"알았어요! 제가 한번 이야기해 볼게요."

아내가 흔쾌히 동의한다. 결혼 후 처음 있는 일이다. 나는 일생 동안 아내의 의견과 무관하게 살아서 이런 기분을 느껴본 적이 없다. 부부가 한마음으로 무엇을 한다는 것은 분명 다른 느낌이 있다. 지금 이 기분이면 병상에서 일어나 두 발로 뚜벅뚜벅 병원을 걸어 나가 양자의 파양을 선포할 수도 있을 것 같다.

☾★

남자들이 돌아가고 남편도 슬픔에 잠겼습니다. 매일 아이들의 상황을 물었습니다. 그때서야 진짜 아버지가 된 것처럼 수심에 잠겨 살았습니다. 뇌졸중을 앓고 있으면서도 가까이 두었던 술을 단번에 끊었습니다. 아이들의 위기가 남편을 소년에서 어른으로 성장시켰습니다. 그러나 너무 늦게 어른이 된 남편이 할 수 있는 일은 아이들의 눈치를 살피거나 침묵을 지키는 일이 전부였습니다.

"엄마! 나에게 문제가 생기더라도 너무 걱정하지 말아요. 다른 형제들이라도 살리려면 사업체 명의를 바꿔야 하니까."

둘째 아이는 형제 중 한 명에게 명의를 이전하려 했습니다. 그런데 거래내역 없이 사업체를 넘기는 것이어서 자신에게 문제가 생길 수 있다고 말했습니다. 기반 없이 사업을 시작한 사람들은 가족 구성원 모두가 보증 관계로 얽히게 돼 부도가 나면 가문이 송두리째 흔들리는 경우가 허다합니다. 내 아이들도 다르지 않아서 둘째 아이는 혼자서 모든 것을 책임지는 방법을 선택하려 했습니다.

당시 남자 형제들 모두가 함께 일하고 있었습니다. 큰아이와 셋째 아이가 시작한 일에 둘째 아이가 합류했고, 후로 컴퓨터를 잘 아는 여섯째 아이가 인터넷을 책임졌습니다. 다섯째 아이는 전역한 후 여섯째 아이의 요청으로 형들의 일에 동참했습니다. 형제들 모두 우애가 깊어 함께 위기를 극복해 가려 했습니다. 여자 형제들의 희생도 컸습니다.

넷째 아이는 다니던 특수학교를 그만두고 큰아이가 분양받은 지하철 가판대를 몇 년간 운영했습니다. 벌어들인 돈으로 오빠들의 사업을 돕거나 생활비를 지원했습니다. 대학생이었던 막내딸은 수업을 마치면 언니에게 뛰어가 가판대를 지켰습니다. 서로가 서로를 의지하며 견뎠음에도 상황이 최악으로 치달았습니다.

"우리 죽어도 함께 죽고, 살아도 함께 살자! 네가 잘못되고 우리만 잘살면 무슨 의미가 있냐? 그리고 나는 1퍼센트의 가능성만 있어도 포기 안 하니까 처음부터 다시 시작하자고!"

큰아이가 둘째 아이의 결정에 반대하자 동생들도 큰아이의 말에 힘을 실었습니다.

"형! 우리 어차피 숟가락 하나도 안 가지고 서울에 올라와서 단칸방에서 아홉 명이 잤던 시절도 있는데, 우리가 잃을 게 하나라도 있나."

형제들의 완강한 반대에 둘째 아이가 고민에 잠겼다가 화답했습니다.

"그래…… 인생 뭐 있겠냐. 힘들겠지만 처음부터 다시 시작해 보자!"

그날부터 둘째 아이는 새벽 6시면 출근을 준비했습니다. 10시에 퇴근하고 돌아와서도 새벽 1시까지 일을 하고 잠을 청했습니다. 큰아이는 돌봐야 할 가정이 있음에도 자정이 되어서야 퇴근했습니다. 1년에 쉬는 날을 열 손가락에 꼽을 정도로 아이들 모두가 일에 몰두했습니다. 몇 년간을 그렇게 살았지만 아이들은 나에게 웃음을 보여 주려 노력했습니다.

자명종이 혼자서 울어대는 새벽, 침대에 앉은 채로 꾸벅꾸벅 졸다가 겨우 출근하는 둘째 아이를 보고 있자면, 엄마라는 미안한 말이 한없이 슬프기만 했습니다. 책상을 정리하다 둘째 아이가 노트에 적어 놓은 글을 보고 울음을 터트리고 말았습니다.

"만약 내가 이 세상에 다시 태어난다 해도 나는 엄마와 아버지의 아들로, 큰형의 동생으로, 동생들의 형과 오빠로 태어날 것이다!"

3년 전, 나는 봉천동 생활을 접고 광명시로 이사했습니다. 이번에는 그 누구의 도움도 없이 둘째 아이의 힘으로 자신의 아파트를 마련했습니다. 형제들이 힘을 모아 위태로웠던 시간을 극복한 결과였습니다. 함께 살던 다섯째 아이가 독립하며 나는 남편과 둘째, 여섯째 아이와 함께 입주했습니다. 둘째 아이가 선물로 받은 화초들로 집 안 곳곳을 채우다 보니 집 안은 어느 새 식물원이 되었습니다. 화초를 돌보며 나는 내가 꽃과 나무를 좋아하는 사람이라는 사실을 알게 되었습니다. 처음이었습니다. 80년을 걸어서 겨우 만난 나였습니다. 사랑을 표현하면 더욱 아름다워지는 화초들. 어쩌면 화초와 전혀 어울리지 않는 장식처럼 소파에 누워 있던 남편도 사랑받은 어린 시절이 있었다면 전혀 다른 삶을 살았을지 모른다고 생각했습니다.

천장을 바라본다. 천장에 있는 얼룩이 마치 내가 사놓은 땅을 그려놓은 것 같다. 정부의 부동산정책에도 땅값이 떨어지지 않는다는 뉴스가 무척이나 마음을 흐뭇하게 한다.

"글제! 떨어지면 안 되제!"

태어나서 처음으로 부동산에 관심을 가져 본다. 이곳에서 땅에 대한 정보를 얻을 수 있는 방법은 뉴스 시청뿐이다. 그래서 땅이라는 말만 들려와도 두 귀를 쫑긋 세우고 기다린다. 올랐다 혹은 떨어지지 않았다와 같은 이야기를. 이런 이야기들은 번식력이 대단해서 1억이 1억을 낳고, 다시 2억이 2억을 낳게 한다.

"쪼까 더 기다려 불면 돈이 솔찬히 될 것 같은디? 글면 기다렸다 싹 다 처리혀?"

햇살 가득한 천장으로 갑자기 우중충한 먹구름이 들이닥친다. 다섯째 아이가 무뚝뚝한 표정으로 나의 즐거운 상상을 가로막고 있다.

"산소 팔라고 했어?"

"······그랬제."

"왜?"

상상했던 것과는 매우 다른 다섯째 아이의 반응이다. 나는 눈물을 글썽이며 고마움을 표현하는 자식을 기대했다.

"고것이, 1억은 줄 수 있다고 혀서."

"1억은 받아서 뭐 하시게?"

그러나 눈물을 글썽이기는커녕 불법 부동산 투기로 붙잡힌 사람처럼 아버지를 취조하고 있다.

"쉿! 1억 야그헐 땐 목소리 좀 낮춰야. 너 장가보낼라고 글제."

"내가 그 돈 받으면 장가가?"

"니가 안 가면 니 동생이 가면 되께."

"아버지 요즘 집값이 얼만지나 알아? 1억으로는 전세도 못 구해요!"

나는 자식들을 위해 내 생애의 마지막 꿈을 포기했다. 무덤이라는. 무덤을 뒤집으면 바구니가 된다.

　"아따, 돈만 갖고 장가간다냐?"

　"아버지 돌아가시면 작은아버지 산소로 모신다 쳐요. 그러면 어머니도 거기 가셔야 할 거고. 그러면 관리해야 할 묘가 많아지지? 우리는 괜찮아. 그런데 아버지 자식들이 일곱이야. 그러면 아버지 손자들이 신경 써야 할 묘가 늘어나거든."

　나는 그 바구니에 돈뭉치를 가득 담아 자식들에게 주고 싶은 마음뿐이다. 그런 마음이 당사자에게 거절당하니 나도 모르게 목소리가 높아진다.

　"글면 화장시켜 부러!"

　"어떻게 그래? 우리도 보고 싶으면 갈 곳이 있어야지. 아버지 자식들 죽으면 함께 수목장하면 얼마나 좋아. 아버지 손자들도 신경 덜 써도 되고."

　나도 모르게 울음 섞인 목소리가 병실로 울려 퍼진다.

　"니 장가보내고 싶어서 안 그냐!"

　주변을 둘러본 다섯째 아이의 목소리가 차분해진다. 녀석이 차분한 목소리를 가질수록 나의 간은 눅눅하다.

　"……나는 1억이든 2억이든 파는 건 반대고, 그리고 누가 그 땅이 1억이나 된다고 해?"

"2천만 원에 샀은께 1억은 되았겠제! 텔레비 보면 땅값
이 막 오르잖여?"

"아버지도 참…… 거기가 무슨 강남이야? 시골 촌구석
조그만 땅이 어떻게 그렇게 올라?"

"……강남?"

나는 땅이 올랐다는 뉴스에만 귀를 열어 두었다. 그러므
로 다섯째 아이의 의심은 일면 타당했다.

"1억이 안 되아야?"

그간 쌓아 올렸던 믿음이 밑돌 빠진 돌탑마냥 흔들린다.

"옥산 산골짜기하고 강남은 거리가 멀어. 엄―청!"

이제 남아 있는 주춧돌은 궁색함뿐이다.

"1억이 안 되야도 너나 동생 결혼시킬라믄…….."

"결혼은 알아서 할 테니까 산소 파는 이야기는 하지 마
세요. 엄마랑 아버지 돌아가시면 그곳에 모실 거고, 아버
지 자식들 죽기 시작하면 엄마, 아버지 화장해서 그 자리
에 가족 수목장 만들 거야. 아버지는 나중에 모두가 함께
사는 거 싫어?"

"나도 좋긴 헌디…… 장가가는 것이 보고 잡은께…….."

☪

"어머니! 이제부터라도 관리를 정말 잘해야 해. 자식들은 어머님이 이야기 안 하면 절대 몰라. 오늘 퇴원해도 되는데, 안 좋으면 자식들에게 말해서 꼭 와야 해. 아셨죠? 매월 한 번씩 경과를 보고 내가 자식들하고 함께 오래오래 잘 살 수 있게 해줄 테니까 나만 믿으면 돼."

주치의가 퇴원을 승인했습니다. 환우들의 환송을 받으며 병원을 나섰습니다.

"할머니 이제 아프지 말고 자식들과 오래오래 행복하게 사세요!"

아픈 사람들은 하루만 함께 있어도 친구가 되기 쉽습니다. 마음만 열 수 있다면 한 시간도 되지 않아 빵과 음료수를 나눌 수 있는 사이가 됩니다. 죽음과 가깝다는 것은 그런 것이겠지요. 더 많은 배부름을 위해 서로가 서로에게 무엇을 숨겨 놓지 않아도 좋은 곳, 아프지만 않다면야 천국의 한편이 유쾌한 병실의 한때와 같을지도 모르겠습니다.

"고마워요. 다들 건강하세요!"

나는 튤립들이 무성하게 핀 봄의 정원에 홀로 앉아 있습니다. 홀로 앉아서, 아이들과 함께 빨강, 노랑, 하양을 걷습니다. 혼자 있지만 혼자가 아닌 것만 같습니다. 살아오는 동안 늘 그랬습니다. 함께 있었지만 혼자 있었던 것만 같았고, 혼자 있었지만 함께 있는 것 같았습니다. 누군가는 이를 외로움이라 말하겠지만, 나는 그리움이라 말하겠습니다. 지금 나는 혼자 있지만 괜찮습니다. 내가 사랑하는 모든 사람들이 이미 내 안에 있다는 것을 이제는 알기 때문입니다. 가족과 함께 나무 의자에 앉아 담소를 나누는 환우들을 바라봅니다. 나의 아이들 중 한 명은 처방전을 들고 약국에 갔습니다. 나는 혼자이지만 혼자가 아닌 채로 꽃들 사이에서 어른거리는 바람을 만져 봅니다. 참, 오래 살았습니다. 평안을 느끼기까지 80년을 뒤척였습니다. 늘 함께, 늘 혼자서 걸었습니다. 그러나 오늘 저녁식사를 마친 후에는, 혹은 내일 아침 직장을 향해 출입문을 여는 아이들의 뒷모습에 손을 흔든 후에는 나의 시간 역시 완벽하게 멈추리라는 것을 알고 있습니다.

나는 집에서 화초와 나무를 키우고 있습니다. 아니 키운다기보다는 함께 살아가고 있습니다. 물을 주며, 잎사귀를 닦아 주는 일은 그들과 내가 나누는 대화입니다. 마치 수화와도 같은 고요한 소통 속에서 이전에 느끼지 못했던 평안을 느낍니다.

"너는 참 예쁜 아이구나!"

요즘은 산책을 나가면 핸드폰으로 내가 좋아하는 꽃과 나무를 사진에 담습니다. 기능에 익숙하지 못해 찍어 놓은 사진을 보면 흔들린 사진이 대부분입니다. 그래도 괜찮습니다. 삶을 살아오며 해보지 못한 것들을 시도한다는 것 자체가 내게는 큰 기쁨입니다. 수없이 넘어지기를 반복하다가 스스로 걷는 법을 알게 된 아이가 생소한 모든 것들에 호기심을 보이는 것처럼, 미처 관심을 두지 못한 것들에 눈길을 보냅니다. 어쩌면 모든 생명들은 자신의 존재를 드러내기 위해 색색이 고운 아름다움을 갖는지도 모릅니다. 아이들이 내가 촬영한 사진들 보고 깔깔깔 웃어댑니다. 그래서 나는 말합니다.

"바람을 찍어서 사진이 이렇게 나온 거야!"

나의 그럴싸했던 계획이 물거품이 됐다. 그런데 이상하게도, 섭섭하지가 않다. 다산이 복인 시대에 아홉 명의 아이를 낳았다. 물론 둘은 이 세상에 없다. 뜻하는 대로 되진 않았지만 중요한 한 가지는 확인할 수 있었다. 죽어서도 외롭지는 않을 것 같다. 언젠가는 나도 아내와 자식들과 함께 있을 수 있다. 이 사실은 1억이 2억이 될 때처럼 헤아릴 수 없을 정도로 값비싼 마음의 땅을 선물했다. 나는 이곳에서 몇 번의 죽음을 목격했다. 단 한 번도 외롭지 않은 죽음은 없었다. 그러나 나의 죽음은 다를 것 같다. 아내가 나의 신장이었다면 자식들은 나의 심장이며, 비장이며, 혹은 쓸개였다. 너무 늦게 알게 된……. 나의 장기들이 택시로 10분 거리에 있다. 곁이라는 소중한 기억을 향해 손을 흔들면서.

막내딸이 화초들의 이름을 알려 줍니다. 외우기도 힘든 이름들을 자꾸 따라서 발음해 보라고 합니다.

"안시리움!"

"안슈-룸?"

"산세베리아!"

"산쉐베-리?"

"마리안느!"

"마린-느?"

"스킨답서스!"

"스키답-쓰!"

"하하하! 오빠! 우리 엄마 완전 귀여워. 엄마가 요 옆에 세이브존 매장을 뭐라 말하는 줄 알아?"

"뭐라고?"

"뭐라고 하시는데?"

"셀브지! 우리 엄마 짱 귀엽지!"

아이들은 나에 대해 표현할 때 귀엽다는 표현을 자주 합니다. 어쩌면 나는 늙어 가는 것이 아니라 아기가 되어 가는 것입니다. 그래서 돌이 지난 아이처럼 새로운 치아가 생겨났습니다. 아이들이 십시일반 돈을 모아 틀니를 해주었습니다. 새 틀니를 갖기까지 3개월 정도의 기간이 소요됐습니다. 혼자서는 가기 힘든 걸음을 다섯째 아이가 매번 빠짐없이 동행해 주었습니다. 어린 시절 금을 캐러 다니던 그 아이에게 황금보다 값진 애틋함을 선물로 받았습니다. 아삭아삭, 하루가 지나가고 있습니다.

나는 매일매일 아내를 기다린다. 기다리지만 오지 않아도 좋다. 물론 기다리는 사람이 오지 않으면 무척이나 섭섭할 것이다. 나는 늘 말하는 것과 마음이 달랐다. 마음처럼 살지 못하고 농담처럼 살았다. 아내는 몰랐겠지만, 아내가 둘째 아이의 무덤을 헤매고 있을 때 나는 아내의 뒷모습을 따라 걸었다. 혼자서 길에 주저앉았을 때, 무덤을 안고 돌아오지 않는 아들의 이름을 부르며 서럽게 밤을 울어댈 때도, 나는 아내의 쓸쓸한 뒷모습을 바라보고 있었다. 따뜻한 말로 손을 잡아 줘야 했지만, 나는 한 번도 다정함을 배운 적이 없었다. 밤하늘에 무수히 반짝이는 별빛들이 아내의 눈물 같았다. 마음처럼 살지 못하고 농담처럼 살았다. 아내가 그곳에서 그 아이의 이름을 부르다 죽을 것만 같았다. 그래서 아내의 손을 붙들고 고향으로 향했다.

☪

남편은 매일 열 번 정도는 거든하게 전화합니다. 밥을 먹었는지, 몸은 어떤지를 확인하는 짧은 질문이 내용의 전부이지만 남편의 말에서 전과는 다른 따뜻함을 느낍니다. 하루는 큰며느리가 말했습니다.

"어머님! 아버님이요 저랑 함께 있을 때 어머님 걱정을 정말 많이 하셨어요. 매일 저를 붙들고 우시더라고요. 당신 때문에 어머님 환갑잔치, 칠순잔치도 못 했다고 팔순잔치는 꼭 해야 한다고 신신당부를 하셨어요. 그리고 젊었을 때 술 마시고 어머님 때린 것도 너무 후회되고, 해준 것 하나 없이 고생만 시켜서 미안하다고도……."

정작 남편은 나와 마주하면 아무 말도 하지 않습니다. 요즘은 다른 이들을 통해 여기저기서 들려오는 남편의 말하지 않은 말이, 달콤합니다.

나는 무엇이 되고 싶다거나 어떤 사람이 되고 싶다는 꿈을 가져본 적이 없었다. 만약 나의 부모가 그런 것을 나에게 가르쳤다면 나도 조금은, 지금과는 다른 남편이며 아버지가 되었을까?

아내는 입버릇처럼 말했다. 자식들에게 짐이 되지 않기 위해 내가 살아 있을 때까지만 자신도 살아 있고 싶다고. 생각해 보면, 나는 아내의 장자였다. 아내는 나라는 무거운 짐을 지고 평생을 걸었다. 많이…… 힘들었겠지……. 그러나 나는 아내보다 먼저 죽지 않기로 작정했다.

1936년 6월 18일생 조영애. **의무를 다한 사람이 원하는 미래는 평안함일 테니까.** 참, 오래 살았습니다. 그리고 가**장 근사한 평안은 죽음에 있을 테니까.** 평안을 느끼기까지 80년을 뒤척였습니다. **내가 먼저 죽으면 아내의 의무는 끝나는 것일 테니까.** 늘 함께, 늘 혼자서 걸었습니다. **나는 아내가 아이들과 함께 오래도록 함께 웃고 행복하기를 바라니까.** 그러나 오늘 저녁식사를 마친 후에는, **그러다 아내가 먼 길을 떠나면,** 혹은 내일 아침 직장을 향해 출입문을 여는 아이들의 뒷모습에 손을 흔든 후에는 **택시로 10분 거**

리에서, 그만큼만 달콤함을 울고 싶으니까. 나의 시간 역시 완벽하게 멈추리라는 것을 알고 있습니다. **이것이 이제야 겨우 고백하는, 간의 미안이니까……**.

☪

새벽예배에 나가 교회 종을 울리던 날들을 떠올립니다. 나는 가로등 하나 없는 어두운 오솔길을 걸어 다른 사람들보다 먼저 교회에 가서 새벽 제단을 쌓았습니다. 줄을 당겨 종을 울리면 소리의 잔향이 별빛에 닿았다가 잔잔한 손길로 돌아와서 내 눈물을 닦아 주었습니다. 그 손은 하나님의 손이었고, 내 아버지의 손이었습니다. 아픈 나를 업고 학교에 가는 할아버지의 손이었고, 열이 오른 이마를 짚어 주던 내 아이들의 손이었습니다. 아장아장, 아장아장, 나에게 남아 있는 삶의 기간을 다 걷고 나면, 만날 수 있겠지요.

어쩌면 나도…… 어쩌면 당신도…… 누군가에게 사랑받아야 할, 빨강 모자를 쓴 아이입니다. 나는 혼자였지만 혼자가 아닌 채로 살았습니다. 먼 시간 속에서 나를 향한 그리움들이 새벽 종소리로 울려 옵니다. 네가 있는 곳에 나도 함께 있고 싶다고, 빨강 모자를 쓰고서…….

에필로그

한 여자가 갓난아이를 안고 달려가고 있었다. 밤은 깊었고,
그녀는 숨을 헐떡이고 있었다. 마치 누군가에게 쫓기는 사
람처럼 뒤를 살피기도 했다. 대나무밭을 지나 신작로에 도
착해서, 그녀는 중요한 무엇을 두고 나온 사람처럼 깜짝 놀
라 발걸음을 멈췄다. 갑자기 주저앉더니 울음을 터트렸다.

울음은 외부가 아닌 자신의 내부로 깊어졌다. 그녀의 울
음소리는 우물의 가장 밑바닥에서 선명한 고요로 차올랐
다. 바람에서 소금 냄새가 났다. 우물에 눈물이 가득 차오
르자 그녀는 자신이 달려왔던 그 길을 다시 걷기 시작했다.
몇 번이고 되돌아갔던, 그 공간에는 삶의 환호보다는 삶의
비극이 넘쳐났다. 그럼에도 그녀가 발걸음을 되돌린 이유
는, 그곳에 자신이 낳은 아이가 있었기 때문이다.

나는 어릴 때부터 마음에 간직해온 내밀한 목표가 있었다. 그것은 아버지처럼 되지 않는 것이었다. 그래서 혹 내 삶 가운데서 아버지의 모습이 드러날 때면 자학의 늪에 빠져 허우적거리기도 했다. 폭력의 유전. 그것이 삶 속에서 느껴질 때 공포의 대상은 더 이상 아버지가 아니라 나 자신이었다. 어느 순간부터 증오의 방향은 나를 향해 있었다. 물론 현재도 마찬가지임은 부정할 수 없다. 그러나 지금은 과거보다 더 잘 극복할 자신감이 있다. 내가 강해져서가 아니라 나에게는 어머니에게 물려받은 소중한 문장이 있기 때문이다. 끝이 없을 것 같았던 방황의 끝에서 들려온 어머니의 목소리. "사랑해라!" 이 문장이 주는 울림은 내 삶을 빛 한가운데로 인도했다.

『빨강 모자를 쓴 아이들』을 쓰기 위해 인터뷰하는 동안 어머니는 울지 않은 날이 없었다. 기억을 더듬는 일은 어머니에게 형언할 수 없는 고통이었고. 그 고통의 일부가 글로 작성됐을 때, 내가 가장 먼저 실천한 일은 참혹했던 한 인간의 삶을 재단하는 일이었다. 그렇게 하지 않으면, 어머니의 이야기는 쓸 수도 읽혀질 수도 없을 것 같았다. 이는 에세이로 기획한 초기의 형식을 휴먼다큐 소설로 전환한 가장 큰 이유였다. 참혹의 최소화는 그나마 폭력의 개연성을 가질 수 있었다. 그래서 삶의 잔혹에 대한 인간의 방어기제가 겨우 문학일 수 있겠다는 푸념도 했다.

가부장제의 폐해는 수도 없이 이야기돼 왔다. 그러나 현실에서 여성에 대한 인식이 얼마만큼 바뀌었는지는 고민해 볼 필요가 있다. 폭력에 노출된 여성에 대한 이야기는 여전히 계속되고 있고, 또 물리력을 가져야만 폭력이 성립하는 것도 아니기 때문이다. 여성에 대한 인식의 변화가 중요한 이유는 여성이 모든 약자의 모습을 대변하기 때문이다. 상급자 앞에 선 아버지는 가부장 앞에 선 어머니의 모습과 결코 다르지 않다. 따라서 여성이 여성으로서 인권을 존중받을 때 약자에 대한 우리 사회의 태도 또한 바뀔 수 있음을 믿어 의심치 않는다. 이는 어머니가 살아온 삶을 복원한 이유 중 하나이기도 하다.

책의 출판과 함께 고마운 마음을 나누고 싶은 이들이 있다. 어머니의 삶을 듣고 흔쾌히 출판을 결심해준 멘토프레스 이경숙 대표님과 글을 완성해 가는 과정에서 조언을 아끼지 않은 박리안 형에게 고개 숙여 감사의 마음을 표한다. 글을 쓰는 내내 두 분이 있어 새로운 힘과 즐거움을 얻을 수 있었다. 사랑하는 가족에게도 감사를 보낸다. 그러나 가족의 이름을 호명하지는 않기로 했다. 기우겠지만, 형제자매들에 대한 주변의 편견이 이 글로 인해 자라날지 모른다는 두려움이 있었다. 행여 이 책의 수명이 가족 모두의 수명을 넘어선다면, 그때는 어머니와 아버지, 형제자매들의 이름이 여기 이곳에 함께 잠들기를 기도할 뿐이다.

2018년 2월 19일

김은상